十津川警部、廃線に立つ

JN103977

西村京太郎

角川文庫
23808

目次

神話の国の殺人

1

「まあ、何というか、かみさん孝行みたいなもんだよ」

と、岡部《おかべ》は、照れ臭そうに、いった。

「奥さんは、喜んでいるだろう？　前に会ったとき、一度も、一緒に旅行したことがないと、ぼやいていたからね」

十津川《とつがわ》は、そういって、笑った。

岡部とは、大学時代からの友人だった。十津川と岡部は、大学の近くの同じアパートに住んでいた。

木造モルタルの四畳半のアパートである。もちろん、共同トイレの安アパートだった。そのアパートから、大学までの間に、洒落《しやれ》た造りの喫茶店があって、十津川も、岡部も、時々、コーヒーを飲みにいった。

「ひろみ」という名前の店で、店の主人が、娘の名前を、そのまま店につけたのである。

小柄で、可憐《かれん》な感じの娘で、彼女の顔を見るのも、その店へいく楽しみのひとつだった。

十津川も、他のクラスメートも、気づかなかったのだが、岡部と、彼女とは、当時から愛し合っていたらしく、卒業した翌年、突然、二人の名前の書かれた結婚式の招待状をもらって、十津川は、やられたなと、苦笑したものだった。

その後、岡部は、サラリーマン生活をやめて、自分で商売を始め、何度か失敗をしながら、今では、従業員が百人を超すスーパーのチェーン店の社長になっている。

十津川の同窓の仲間のなかでは、出世頭といえるかもしれない。

ただ、奥さんには、かなり、苦労をかけたらしかった。

商売が、うまくいかなかった頃は、金のことで、苦労をかけ、成功してからは、女のことでである。

十津川が、耳にしただけでも、銀座《ぎんざ》のホステスや、若い女性タレントなど、四、五人は、いたようだった。

「そろそろ、落ち着いて、奥さんを大事にしろよ」

と、十津川は、忠告したりもしてきたのだが、それがきいたのかはわからないが、かみさんを連れて、一週間ばかり、九州《きゅうしゅう》を旅行してくると、いう。

「なんでも、かみさんは、学生時代に、ひとりで、九州を周遊したそうでね。それが、楽しかったといってるんだ。ハワイにでもいこうといったんだが、九州一周のほうが、楽しいというわけでね」

「いいじゃないか。奥さんにとって、九州が、青春の思い出なんだろう」

と、十津川は、いった。

「周遊券も、かみさんが買ってきてね」

と、いって、岡部は、笑った。

岡部夫妻は、三月二十九日に、東京を出発して、九州に向かった。

十津川は、三月三十一日に、絵はがきをもらった。

〈今、別府《べっぷ》にいる。今日は、ここのKホテルに一泊し、ゆっくり温泉気分を味わってから、明日、日豊本線《にっぽうほんせん》経由で、高千穂《たかちほ》へいくことにしている。前から、かみさんが二十年ぶりに、高千穂峡を見たいと、いっていたのでね。俺も子供に返って、神話の世界で、遊んでくるよ。〉

別府温泉の絵はがきには、特徴のある小さな字で、そう書いてあった。

翌四月一日、十津川は、その絵はがきを持って、警視庁に、出勤した。

十津川が、それを傍に置いて、九州の地図を見ていると、部下の亀井《かめい》刑事が、覗《のぞ》き

こんで、

「別府温泉ですか」

「友だちが、奥さんを連れて、九州一周をしてるんだよ。奥さんを泣かせた罪滅ぼしにね」

「いいですねえ」

と、亀井は、ひとりでうなずいてから、

「そういえば、かみさんと、ずいぶん長いこと、旅行にいっていませんね。たまには、温泉にでもいって、のんびりしたいと、よく、いわれるんですがね」

「私の家内も同じことを、いってるよ」

と、十津川が、笑ったとき、電話が、鳴った。

亀井が、受話器を取ってから、

「九州の高千穂警察署から、警部にです」

と、いった。

「高千穂？」

受話器を受け取りながら、十津川が、いやな予感に襲われたのは、岡部のことを、考えていたところだったからである。今頃は、ちょうど、高千穂へいっているはずなのだ。

（岡部が、どうかしたのだろうか？）

　と、思いながら、

「十津川です」

「私は、高千穂署の原田《はらだ》といいますが、岡部功《いさお》という男を、ご存じですか？」

「しっています。大学時代からの友人ですが、彼が、どうかしたんですか？」

「昨日、殺人容疑で逮捕したんですが、あなたに、連絡してくれと、しきりにいいますのでね」

「殺人容疑って、誰を殺したんですか？」

「奥さんです。妻のひろみ、三十九歳を、天《あま》の岩戸《いわと》近くで殺した容疑ですよ」

「まさか――」

　と、十津川は、絶句した。

　岡部は、かみさん孝行だといって、一週間の旧婚旅行に出かけたのである。その岡部が、妻のひろみを、殺すなんて。

「岡部は、何といっているんです？」

「否認していますが、ほかに、彼女を殺す人物がいないのですよ」

「岡部と話せませんか？」

「それは、駄目です。今も、尋問中ですから」

「彼は、昨日、逮捕されたんですね？」

十津川は、事情をしろうとして、質問した。

「そうです。こちらの調べでは、一昨日、夫妻で、高千穂に着き駅近くの旅館に、泊まりました。三十日です。そして、昨日三十一日の午後八時頃、奥さんが、死体で発見されたわけです」

「岡部には、動機がありませんよ。仲よく、旅行に出かけたんですから」

「そのことですが、二人が泊まっていた旅館の従業員の証言があるのですよ。それによると、昨日の午後、二人は、喧嘩《けんか》をして、奥さんのほうが、ひとりで、旅館を飛び出していったというのですよ。一時間ほどして、岡部も出ていき、ひとりで、戻ってきた。そして、奥さんが、天の岩戸近くで、死体で、発見されたというわけです」

「その証言は、間違いないんですか？」

と、十津川は、念を押した。

「間違いありませんね。岡部夫妻が、口喧嘩をし、奥さんがひとりで、飛び出していったのを、二人の従業員が、見ているんです。また、岡部がひとりで、天の岩戸付近を、うろついているのも、目撃されています」

2

十津川は、電話を切ってから、考えこんでしまった。

岡部は、気はいいが、短気な男である。

原因はわからないが、高千穂の旅館で、妻のひろみと、喧嘩をしたというのも、事実だろう。

だが、岡部が、彼女を殺したとは、考えられない。何かの間違いに違いないのだ。

その岡部が、SOSを発信しているのである。

助けにいってやりたいが、凶悪犯罪の頻発している東京の治安を放棄して、九州へ、飛んでいくわけにはいかなかった。

亀井は、心配しないで、休暇をお取りなさいといってくれたが、夕方になって、世《せ》田谷《たがや》で殺人事件が発生し、捜査本部の置かれた成城《せいじょう》署に移動することになると、岡部を助けるどころではなくなってしまった。

弁護士の小沼《こぬま》が、捜査本部に、訪ねてきたのは、その夜である。

小沼も、大学のクラスメートで、今は、自分の法律事務所を、持っている。

「俺のところにも、岡部から、SOSがきてね」

と、小沼は、いった。

「君が、高千穂へいってくれれば安心だよ」

と、十津川は、ほっとした顔になった。

小沼は、刑事たちが、しきりに出入りする捜査本部の様子を、眺めながら、

「君は、動けそうもないか?」

「この事件が解決するまで、どうしようもないな」

「それなら、俺が、向こうへいって、状況を報告するから、君が、その報告をきいて、適切な指示を与えてくれ。それなら、できるだろう?」

と、小沼が、きいた。

「そのくらいなら、できそうだ」

「よかった。俺も、弁護は得意だが、犯人探しは、下手なんでね」

「君が、ひとりでいくのか?」

「いや、中田《なかた》も、一緒にいってくれることになっている」

「中田信夫《のぶお》か。あいつは、大阪支店に転勤になったんじゃないのか?」

と、十津川は、きいた。

中田は、十津川の仲間では、一番できのよかった男で、卒業と同時に太陽《たいよう》商事に入社している。

この前会った時、四月一日付で、大阪支店の営業部長になるといっていたのだ。

「そのとおりだが、彼も、岡部のことをしってね。三日間、休暇を取ってくれたんだ。それで、明日、二人で高千穂へいってくる」

と、小沼は、いった。

「もし、岡部に面会できたら、私が、いけなくて、申しわけないといっていたと、伝えてくれ」

と、十津川は、頼んだ。

ともかく、小沼と中田の二人がいってくれれば、安心だと思った。何といっても、小沼は腕利きの弁護士だし、中田は、頭が切れる。岡部が無実なら、助けてくれるだろう。

こちらの事件のほうは、被害者の身元が、なかなか、割れなかった。

世田谷区成城に建つマンションが、現場だった。

小田急《おだきゅう》線の成城学園前近くのマンションは、地上げされて、居住者の三分の二が、すでに引っ越してしまっている。

その空《あ》いた部屋で、火災が起き、焼け跡から、黒焦げの女性の死体が、発見されたのである。

顔の判別も難しいほど焼けてしまっていたが、年齢は三十歳前後、身長百六十五センチと、やや大柄である。

肋骨《ろっこつ》に、ナイフで刺されたと思われる傷痕《きずあと》があったことから、何者かが、殺してから、部屋に火をつけたのだろう。

その部屋の前の持ち主は、五十五歳と、五十歳の中年夫婦だったから、被害者は、犯人に、この部屋に連れこまれて、殺されたか、あるいは犯人が、殺してから、この部屋に運んで、火をつけたのだろう。

歯型からも、なかなか、身元を、割り出せなかった。

そうなると、持久戦である。被害者の身元が割れないと、捜査上、先に進まないからである。

翌四月二日の午前十一時に、小沼から、電話が入った。

「今、大分だ。大分空港で、中田とも落ち合ってね。これから、高千穂へいく」

と、いやに張り切った声でいい、中田に代わった。

「刑事の君がきてくれていたら、心強いんだがな」

と、中田は、いった。

「君は、大阪に転勤早々で、会社のほうは、大丈夫なのか？」

それが、心配で、十津川は、きいてみた。

「大丈夫だよ。会社には、事情を話して、休暇を取ったよ」

と、中田は、電話の向こうで、笑った。

十津川は、電話が切れると、机の引き出しから、時刻表を取り出して、九州の地図を見た。

大分からは、日豊本線で、延岡《のべおか》までいき、延岡からは、高千穂線である。

大分から、延岡まで、特急で二時間。その先の高千穂線は、典型的なローカル線だから、普通列車だけで、二時間近くかかる。

(ずいぶん遠くで、岡部の奥さんは、殺されたものだな)

と、十津川は、思った。

「経堂《きょうどう》の歯科医から電話が入りました。一年前に、そこで、歯の治療をした患者らしいといっています」

と、亀井が、いい、十津川は、時刻表をしまって、パトカーで、出かけることにした。

「お友だちのことは、ご心配ですね」

亀井が、車のなかで、いった。

「昔の仲間が二人、いってくれたから、大丈夫だよ。それより、こっちの事件のほうが、大事だ」

と、十津川は、自分にいいきかせる調子で、いった。

電話をくれたのは、沢木《さわき》という歯科医だった。

沢木は、一年前のカルテを、十津川たちに見せて、

「この人だと、思いますがね」

「高見《たかみ》まり子《こ》。二十九歳ですか」

「ええ。照会のあった義歯は、私がいれたものに間違いないと、思いますよ」

と、沢木は、いう。

十津川と、亀井は、そのカルテにある住所を、手帳に書き写した。

この近くのマンションだった。

九階建ての真新しいマンションの七〇二号室に「高見」と、小さく書いた紙が、貼りつけてあった。

ドアの郵便受には、新聞が、突っこまれ、二部ほどが、ドアの前に落ちていた。

管理人にきくと、高見まり子は、五日ほど前から、姿を見かけなくなっていたと、いう。

銀座のクラブのホステスらしいとも、管理人は、いった。

十津川と、亀井は、管理人に立ち会ってもらって、ドアを開け、部屋に入った。

2LDKの部屋は、いかにも、女性のものらしく、ピンクのカーテンや、花模様の絨毯《じゅうたん》で、飾られている。

白い色の応接セットや、寝室のベッドも、真新しかった。

「誰かが、部屋のなかを、調べていますね」

と、亀井が、いった。

洋服ダンスの引き出しや、三面鏡の引き出しのなかが、明らかに、かき回されているからである。

しかし、ダイヤの指輪や、銀行の通帳などは、残っていた。

物盗りが、部屋のなかを、探し回ったわけではないのだ。

「ここを見て下さい」

と、亀井が、バスルームから、十津川を呼んだ。

トイレと一緒になっているバスルームにも、ピンクのタイルが、使われていたが、タイルの継ぎ目のところに、明らかに、血痕《けっこん》と思われる染みが、残っていた。それも、五、六カ所である。

すぐ、十津川は、鑑識を呼んだ。

部屋のなかから、高見まり子だけの写真が、見つかった。

目の大きな、なかなかの美人である。

「成城の被害者が、この高見まり子だとすると、ここで殺されて、あそこへ、運ばれたかな」

と、十津川は、いった。

「部屋を荒らしたのは、犯人でしょう。たぶん、彼女と一緒に写っている写真とか、手帳とかを、探して、持ち去ったんだと思いますね」

と、亀井が、いった。

鑑識がきて、部屋の写真を撮り、バスルームの血痕と思われるものを、採取していった。

十津川と、亀井は、いったん、成城署に戻った。

死体の司法解剖報告と、消防署の火災に関する報告書が、届いていた。

それによって、いくつかのことがわかった。

死亡推定時刻は、三月二十九日の午後一時から二時の間で、死因は、失血死である。

また、火災現場から、タイマーの破片が見つかったことから、室内に、灯油をまいておき、タイマーを使って、発火させたものと、考えられるという。

火災が起きたのは、四月一日早朝、午前五時である。

と、すると、犯人は、三月二十九日に、殺しておき、三十日か、三十一日に、タイマーをセットして、火災を起こさせたのだろうか？

その日の午後九時をすぎて、経堂のマンションのバスルームのものが、人間の血で、血液型は、B型と、わかった。

焼死体の血液型もB型である。

これで、被害者は、まず、高見まり子と断定していいだろうと、十津川は、思った。

亀井と、西本《にしもと》刑事に、高見まり子が働いていた銀座のクラブ「ゆめ」に、いってもらったあとで、高千穂へいった小沼から、電話が、入った。

「今、いいか？」

と、小沼は、きいてから、

「岡部には、まだ、会わせてもらえないが、事件の詳しいことは、きくことができたよ。中田と二人で、調べてもみた」

「それで、どんな具合なんだ？」

「正直にいって、岡部は、まずい立場にいるねえ。それを、これから話すから、君の知恵を借りたいんだ」

と、小沼は、いった。

岡部夫妻は、三月三十日の午後五時頃、高千穂の旅館「かねだ」に、入った。

翌、三十一日、朝食のあと、岡部は、いつもやっているジョギングに出かけた。

その頃までは、別に、夫婦の間で、喧嘩は起きていない。

夕方、二人は急に喧嘩を始め、妻のひろみが、午後五時半頃、旅館を、飛び出した。

岡部も、そのあとで、旅館を出ていった。

午後八時すぎに、天の岩戸近くで、ひろみの死体が、発見された。

「司法解剖の結果、彼女が殺されたのは、三十一日の午後六時から七時の間で、絞殺だよ」

と、小沼は、いった。

「岡部は、夫婦喧嘩の原因について、何といっているんだ？」

と、十津川は、きいた。

「取り調べの刑事には、こういってるそうだ。三十一日の夕方になって、急に、ひとりで、いってきたいところがあると、彼女が、いった。なぜ、ひとりでいくのかときいても、頑として、理由をいわない。それで、かっとして、殴り、喧嘩になってしまったとね」

「向こうの刑事は、それを、信用しているようかね？」

「わからんね。とにかく喧嘩があって、奥さんが、ひとりで旅館を飛び出し、そのあとで、岡部も、出かけたことは、事実なんだ。旅館の従業員も、見ているしね。警察は、岡部が、追いついて、また喧嘩となり、かっとして、絞殺したと、見ているようだよ」

「岡部に、有利なことは、何もないのか？」

と、十津川は、きいた。

「ひとつだけ、見つけたよ。二人の泊まった旅館『かねだ』のおかみさんの証言なんだがね。三十一日に岡部が朝のジョギングに出たあと、男の声で電話がかかって、奥さんが出ているんだ」

と、小沼は、いう。

「それは、面白いね」

「そうだろう。俺も、中田も、ひょっとすると、その男が、岡部の奥さんを、天の岩戸に呼び出して、殺したんじゃないかと、思っているんだがね」

「その証言は、県警も、しっているのかな？」

「ああ、しっていると、いっていた」

「それで、どう考えているんだろう？」

「その電話は、東京からかかってきたことは、わかっているんだ。ただ、東京のどこからかは、不明だ。午前九時頃にね、東京からかかってきたことだけは、わかっている。そこで、向こうの警察は、こう考えているんだよ。殺された奥さんのボーイフレンドが、東京から、電話してきて、それを、岡部が、嫉妬《しっと》して、喧嘩になったとね。腹を立てた奥さんが、旅館を、飛び出した。岡部が追いかけていき、天の岩戸の近くで、絞殺したとね」

「岡部から直接、話はきけないのか？」

と、十津川は、きいた。

「今のところ、無理のようだね。俺は、県警に、要求しているんだがね。起訴されれば、当然弁護士として、面会は、許可されるが」

「起訴される前に、助けてやりたいね」

「俺も、中田も同じことを考えているんだが、今のところ、岡部に不利だね。真犯人を見つけられれば、一番いいんだが」

と、小沼は、いった。

「君は、朝の電話の男が、真犯人だと思っているんだな？」

「ああ、そうだ。だが朝の九時に東京にいた男が、午後六時から七時の間に、ここまできて、殺人ができるかどうかが、問題だし、第一、その男が、どこの誰とも、わからないんだ」

「これから、どうするんだ？」

「それを、プロの君に、相談したいんだよ。俺と、中田で、どうしたら岡部を助けられるかを、教えてもらいたいんだよ」

と、小沼は、いった。

「そうだな。まず何とかして、岡部の話をききたいね。彼に何か思い当たることがあるかどうかだ。前から奥さんは、犯人に脅迫されていたのかもしれないしね」

「わかった。もう一度、高千穂署の刑事に、頼んでみるよ」

「もうひとつは、現場周辺の聞き込みだ。岡部の奥さんが殺されるのを、誰かが、見ているかもしれないからね。天の岩戸なら、高千穂では、観光の名所になっているんだろうから、目撃者の見つかる公算は、大きいと思うがね」

と、十津川は、いった。

「とにかく、中田と、やってみるよ」

と、小沼は、いった。

3

自分が、現地にいっていないだけに、十津川は、いら立ちを覚えるのだが、こればかりは、どうしようもなかった。

東京の殺人事件のほうは、少しずつだが、進展していった。

殺された高見まり子が働いていた銀座のクラブにいった亀井と西本が、彼女と特に親しかった客のリストを、持ち帰ったからである。

「彼女は、色白で、美人だったので、客には、人気があったようです」

と、亀井は、いった。

十津川は、三人の男の名前と、経歴に、目をやった。

「これは、店のマネージャーの話ですが、そのなかのひとりと、彼女は結婚を考えていたらしいというんです。間もなく、三十歳になるというので、そんな気になっていたんだろうと、いっていましたが」

と、西本がいうのをききながら、十津川は、ひとりひとりの名前と、経歴を見ていった。

白石圭一郎《しらいしけいいちろう》（50）　M生命管理部長
青山豊《あおやまゆたか》（31）　デザイナー
中田信夫（40）　太陽商事営業第一課長

十津川は、三番目の名前を見て、はっとした。

どう見ても、友人の中田に違いないのである。今、大阪支店だが、それまでは、確か、本社の営業課長だった。

「この三人だがね、本当に、被害者と、深い関係があったのかい？」

と、十津川は、目をあげて、亀井と、西本を見た。

「それは、間違いありません。店のマネージャーだけでなく、ホステスの証言もあります」

　と、亀井が、いった。

「じゃあ、ひとりひとりについてきこうか。白石圭一郎とは、どんな具合だったんだ？」

「白石は、重役の娘と結婚していて、資産家です。高見まり子は、そこに目をつけたんだと思いますね」

「目をつけたといっても、相手には、奥さんがいるんだろう？」

「だから、彼女は、白石に対しては、結婚を要求していたわけではなく、手切金を、要求していたようです」

「それで、白石は、払ったのかね？」

「本人は、払ったといっています」

「次の青山豊は？」

「彼は、独身ですが、フィアンセがいます」

「それなのに、被害者と、つき合っていたのかね？」

「いえ。高見まり子のほうが、フィアンセより先です。フィアンセができて、彼は、高見まり子と、わかれたがっていたそうです」

「それなら、殺す動機は、充分にあるわけだ」

「そうですが、彼には、アリバイがあります。高見まり子が殺されたと思われる日と、その前後に、彼は、フィアンセと、アメリカにいっているのです」

「すると、青山は、シロか？」

「そうなります」

「三番目の中田信夫は、どうなんだ？」

十津川は、努めて、平静に、きいた。

「今のところ、この男が、一番容疑が濃いように思います」

と、亀井が、いう。

「なぜだね？」

「中田は、客の接待に、銀座のこの店をしばしば使っていたんですが、彼のほうから、高見まり子を、口説いています」

「奥さんがいるんだろう？」

「そうなんですが、妻は愛してないので、すぐわかれると、高見まり子に、いっていたそうなんです」

「たいていの男は、そういって、女をくどくんじゃないのかね？　二十九歳のホステスが、男のそんな言葉を、まともに信じたとは、思えんが」

と、十津川は、いった。

無意識に、中田のために、弁護している感じだった。

「それはそうですが、高見まり子は、店のホステス仲間に、中田さんと一緒になると、いっていたそうです。それも、真剣にです」

と、西本が、いった。

「それで？」

「ところが、その中田が、大阪支店に、転勤になることが決まりました。単身赴任です。高見まり子は、ちょうどいいから、自分も、店をやめて、一緒に、大阪へいくと、いったらしいのです」

「それに、中田は、どう答えたのかね？」

「それは、わかりません。が、その直後に高見まり子が、行方不明になり、今度、死体で見つかったわけです」

「それだけでは、この中田という男が、犯人とは決めつけられんだろう？」

と、十津川は、きいた。

あの中田が、殺人事件など起こすはずがないという気持ちがある。

「確かに、警部のいわれるとおりです」

亀井があっさりいって、少しだけ、十津川を安心させてくれた。

「問題は、この三人、いや、青山には、アリバイがあるから二人ですが、どちらが、あの焼けたマンションのことを、しっていたかということになると思います」

と、西本刑事が、いった。

「そうだな。あのマンションが、地上げで、ほとんど空部屋になっていることを犯人は、しっていたわけだからね」

「それを、調べてみます」

と、西本は、張り切って、いった。

「頼むよ」

と、十津川は、いったが、そのあとで、ふと、前に中田と会った時のことを思い出した。

十津川の顔が、蒼《あお》ざめたのは、その時、中田が、地上げで、空部屋だらけとなったマンションの話をしていたのを、思い出したからである。

(あれは、どこのマンションの話だったろうか?)

十津川は、考えこんでしまった。

確か、中田が、週刊誌を持ってきていて、そのグラビアを、話題にしたのだ。

あの週刊誌は、何という雑誌だったろうか？　考えたが、思い出せない。

一ヵ月ほど前の二月末である。二十七日か、二十八日だ。

十津川は、資料室にいくと、その頃に出た週刊誌を、片っ端から、調べてみた。

それが見つかった時、十津川は、また、重苦しい気持ちになった。

廃墟のようになったマンションの写真の下には「世田谷区成城のレジデンスＳＥＩＪＯ」と、あのマンションの名前が、書いてあったからである。

（参ったな）

と、思った。

中田は、あのマンションについての知識があったのだ。

高見まり子を殺して、死体の捨て場所に困った時、前にグラビアで見た「レジデンスＳＥＩＪＯ」のことを、思い出したのかもしれない。

あの廃墟のようなマンションの空部屋に運び、焼いてしまえば身元は不明にできると考えたのではないか。

（いや、そんなはずはない！）

と、十津川は、あわてて、自分の考えを、打ち消した。

その週刊誌は、何十万と売れているはずである。中田以外の人間が、高見まり子を殺したとしても、その人間が、この週刊誌を読んでいる可能性は、相当な高さなのだ。

翌日、昼頃に、小沼から、電話が入った。

「何とか、岡部に、会わせてもらったよ」

と、小沼は、疲れた調子で、いった。

「ただし、君の名前も使ったぞ。そうじゃないと、高千穂署では、会わせてくれないんだ」

「それは、よかった」

「構わんさ。それで、岡部は、何といってるんだ？」

と、十津川は、きいた。

「三十一日に、ひろみさんと喧嘩したことは認めたよ」

「原因は、彼女にかかってきた電話のことか？」

「いや、その時は、電話のことはしらなかったと、いっていたよ。夕方になって、急に、ひろみさんが、ひとりで、出かけてくると、いったんだそうだ。せっかく、高千穂へ一緒にきたのに、なぜ、ひとりで、出かけるんだと、岡部が怒ったらしい。ところが、ひろみさんが、何としても、理由をいわない。そこで、岡部は、かっとして、彼女を殴ってしまったんだな。岡部には、彼女のために、仕事を休んで、九州へきたという気持ちがあったからだろうね。ひろみさんはひとりで、旅館を出ていった。岡部は、勝手にしろと、ほうっておいたが、旅館の人から、彼が、ジョギングに出ている間に、男から、奥さんに電話があったときいて、急に不安になって、彼女を、探しに出かけたんだ。いくら探しても、見つからないので、旅館に戻った。そのあと、突然、高千穂署の刑事がやってきて、逮捕、連行されたわけさ」

小沼は、いっきに、喋《しゃべ》った。

「岡部は、自分は犯人じゃないと、いってるんだな？」

「ああ、絶対に、殺してないと、いっているよ」

「奥さんを殺した人間に、心当たりは、ないんだろうか？」

「それも、きいてみたがね、まったくないといっているよ。こうもいっていたね。俺は、ひょっとして、他人に恨まれているかもしれないが、家内は、違う。優しいし、世話好きで、絶対に、他人に恨まれるはずがないとね。俺も、ひろみさんをよくしっているが、あんな気持ちの温かい女性はいないね」

「だが、殺されたんだ」

「そうなんだ。犯人の動機が、わからんよ」

と、小沼は、電話の向こうで、溜息《ためいき》をついている。

「中田は、そこにいるのか？」

「ああ、代わるよ」

と、小沼が、いい、すぐ、中田の声に代わった。

「聞き込みは、はかばかしくないんだ。午後六時すぎというと、もう、暗くなっていたしね。岡部に有利な目撃者は見つからなかったよ。今日も、もう一度、歩いてみるがね」

「そうしてくれ」

と、十津川は、いってから、

「君は、高見まり子という女をしっているかい？　銀座のクラブで働いているホステスだが」

「たかみ？」

と、中田は、おうむ返しにいってから、

「僕が、東京本社にいた時、接待によく使っていたクラブに、高見まり子というホステスがいたよ。彼女が、どうかしたのか？」

「本当に、しらないのか？」

「しらないよ。大阪支店へ、きてしまっているからね」

「殺されたんだ」

「本当かい？　それ」

「ああ。犯人は、殺したあと、住人のいないマンションの部屋に運びこんで、死体を焼いている」

「ひどいことを、するもんだな」

「君とは、どの程度のつき合いだったんだ？」

「おい、おい、僕を疑っているのか？」

と、中田が、きいた。

「いや、少しでも、彼女とつき合いがあった人物は、全員、調べているんだよ。君も、そのなかのひとりというわけだ」

「彼女は、美人だが、男にだらしがなくてね。あの店へよくいく男は、全員誘われたんじゃないかな。その結果、一千万円もの手切金を取られた人もいたそうだよ」

「君も、彼女と関係があったのか？」

「ああ、二度くらいかな。どうも危険な感じがしたんで、その後は、なるたけ、つき合わないようにしていたよ」

「彼女が殺されたのは、三月二十九日の午後一時から二時の間なんだが、その時間のアリバイはあるかね？」

と、十津川は、きいた。

「やっぱり、疑っているのか」

と、中田は、いってから、

「その時間は、サラリーマンは、会社にいるよ。もちろん、僕もね。それで、アリバイになると思うがね」

と、いった。

十津川は、その言葉に、ほっとして、電話を切った。

だが、夕方になって、聞き込みから戻ってきた西本が、

「中田信夫には、アリバイがありません」

と、報告した。

「しかし、午後一時から二時というと、どこの会社でも、昼休みが終わって、仕事をしているんじゃないかね？」

「普通は、そうなんですが、中田は、四月一日に、大阪支店へいくので、三月二十八日、二十九日の両日は、お得意を、挨拶《あいさつ》回りしていたんです。したがって、会社には、朝出ただけです。そのあと、三十一日に、大阪に向かい、四月一日の朝、大阪支店に出勤しています。つまり、二十九日の午後一時から二時の間のはっきりしたアリバイは、ないんです。自分の車を使って、都内を、回っていたわけですから」

と、西本が、いう。

十津川は、努めて、冷静に、

「それは、間違いないんだろうね？」

と、確認を取った。

「間違いありません。車で回っていたとすると、あの焼けたマンションに、死体を運ぶこともできたと思いますね」

「わかった」

と、十津川は、いった。

4

だが、その中田は、今、小沼と一緒に、高千穂で、友人の無実を実証しようとして、頑張っている。

（中田は、犯人なのだろうか？）

（皮肉なものだ）

と、思った。中田は、自分が、殺人容疑をかけられているのに、同じ立場の友人を、助けるのに必死でいるのだ。

だからこそ、中田は、無実かもしれないなと、十津川は、考えた。

自分が、危い立場なら、友人のことに、かまっていられないだろうからである。

そう考えてやろうと、十津川は、自分にいいきかせ、東京の道路地図を、広げた。

犯人が、経堂の高見まり子のマンションで彼女を殺し、成城のマンションまで運んだとして、どの道路を、使っただろうかと、思ったからである。

直線距離にして、約三キロでしかない。

車で運べば、あっという間に着けるだろう。

郊外の雑木林なんかまで運ぶより、廃墟に近いマンションは、格好の死体の捨て場所だったに違いない。

そんなことを考えているうちに、十津川は、あることに気づいて、目を剝《む》いた。

岡部の家が、経堂と成城学園の中間、祖師ヶ谷大蔵《そしがやおおくら》にあったのを、思い出したのである。

（これは、偶然だろうか？）

十津川は、考えこんでしまった。

偶然に決まっていると思ったが、気になって、頭から、離れなくなった。

十津川は、ひとりでパトカーを運転して、まず、経堂の高見まり子のマンションに、いった。

そこから、成城の焼けたマンションに向かって、車を走らせた。

やはり、その途中で、岡部の家の近くを通るのだ。

十津川は、いやな予感に襲われた。彼は、岡部邸の近くで、車を駐《と》め、じっと、考えこんだ。

（まさか――）

とは、思う。

しかし、ひょっとして、中田は、岡部の妻のひろみを殺したのではないのか。そんな疑問が、わいてきてしまったのだ。

十津川は、しばらくして、パトカーから降りると、岡部邸に向かって、歩いていった。

岡部の妻は、高千穂で殺され、岡部自身は、妻殺しの容疑で、逮捕されているが、留守番はいると思った。

高いコンクリートの塀をめぐらせた豪邸である。

門の前に立ったが、邸《やしき》のなかは、ひっそりと静かだった。

(誰もいないのかな)

と、思いながら、門柱についているインターホンを押すと、なかから女の声で、返事があった。

出てきたのは、五十五、六歳の女で、前から、岡部邸で働いているお手伝いだということだった。

ひろみが、高千穂で殺されたことは、しっていて、

「これから、どうしたらいいでしょうか？　ご主人からも、連絡がありませんしね」

と、十津川に、いった。

「留守番をしていて下さい」

と、十津川は、いってから、

「三月二十九日と、三十日は、ここにきていましたか?」

と、相手にきいた。

「毎日、午前十時にはきて、夕方六時まで、ここで、お食事を作ったり、お掃除をしたりしていますから、二十九日と三十日も、同じですわ」

「ここの奥さんは、毎日、何をしているんですか?」

「お食事の献立ては、奥様が考えますし、午後は、エアロビクスを習いに、通っておられましたけど」

「エアロビクスだね。場所は、どのあたりか、しっていますか?」

「ええ。駅の向こう側ですわ」

「駅というのは、祖師ヶ谷大蔵の駅のことですか?」

「ええ」

「奥さんは、そこまで、車で通っていたんですか?」

「いいえ。近いので、バイクで、通っておいででしたわ」

と、いい、お手伝いは、車庫の隅に置かれた、五十ccの赤いバイクを、見せてくれた。

傍にヘルメットも、ちょこんと、おいてあった。

「ここから、そのエアロビクスのレッスン場へいく道順を、教えてくれませんか」

と、十津川は、頼んだ。

お手伝いは、彼の手帳に、ボールペンで、地図を描いてくれた。

（やはりか）

と、十津川は、思った。

経堂から成城へいく道路を、通っていくのだ。

「奥さんが、レッスンにいく時間は、いつも何時頃ですか？」

「たいてい、午後二時すぎに、家を出ていらっしゃいましたわ」

と、お手伝いは、いった。

「三月二十九日もですか？」

「ええ、いつもと同じでした」

5

十津川の頭のなかで、ひとつの仮説が、できあがっていった。

嬉《うれ》しくない仮説なのだ。

中田が、犯人という仮説だからである。

中田は、二十九日の午後一時から二時の間に、経堂の高見まり子のマンションで、彼女を、殺した。

おそらく、かっとして、殺してしまったのだろう。

しばらくは、呆然《ぼうぜん》としていただろうが、冷静になってから、死体の処理に、悩んだ。

そのままで、死体が見つかれば、当然、親しくつき合っていた自分に、疑いの目が、向けられる。

死体を、どこかに運ばなければならない。

そこで、中田は、週刊誌で見た成城のマンションのことを思い出した。

ひとまず、あそこに運んでおこう。彼は、死体を、毛布に包むかして、部屋から運び出し、乗ってきた車のトランクに、押しこんだ。

そして、成城に向かった。

ところが、祖師ヶ谷大蔵近くの信号で停車している時、エアロビクスにいく岡部ひろみのバイクと、偶然、出会ってしまったのではないだろうか？

たぶん、中田の車の横に、バイクできて、声をかけたに違いない。

夫の友人だし、顔見知りだから、ひろみとしたら、素直に、声をかけたのだろうが、中田は、蒼くなった。

二十九日の午後三時頃だったのかもしれない。

とにかく、中田の車が、岡部ひろみのバイクと出会ったことが、想像される。

ひょっとすると、その時、死体を入れた車のトランクから、何かが覗いていたのかもしれない。もし、それを、見られていたとしたら、中田が、岡部ひろみを、殺そうと考えても、不思議は、ないのである。

さすがに、途中で、自分の推理に、自分で嫌気を感じてしまったが、それでも、この推理は、捨て切れなかった。

十津川は、自分の胸のなかだけにしまっておけなくなって、捜査本部に戻って、亀井にだけ、打ち明けた。第三者の立場にいる亀井の判断を、求めたのである。

亀井は、黙って、きいていたが、すぐには自分の考えをいわず、

「少し、歩きませんか」

と、十津川を誘った。

二人は、成城署を出て、歩き出した。

「警部は、中田さんが、犯人であってほしくないと、思われているわけでしょう？」

と、亀井が、歩きながら、きいた。

「友人としてはね。だが、刑事としては、別だよ。友人だからといって、私情を、はさめない」

「高見まり子殺しについては、中田さんには、アリバイは、ありませんね。大阪支店にいくので、車で、お得意を、挨拶回りしていたわけですから」

「そうなんだ。二十九日の午後一時から二時までの間に、誰かに会っていれば、アリバイが、成立するが、はっきりしているのは、昼食を、M企画の部長と一緒にとっていることだけでね。この部長とも、一時前には、新宿《しんじゅく》で、わかれている。そのあとは、午後六時から、K興業の役員と、銀座で、夕食を共にし、そのあと、飲んでいる。これは、前から、約束があったらしいんだ」

「すると、一時から二時までは、やはり、アリバイはなしですか？」

「そうなんだ。二十九日の夕方から夜には、今いったように、約束があるので、昼間、死体を、運んだんだろうということも、考えられるんだよ。翌三十日も、お得意と、夜は、飲むことになっていたようだからね」

「そうですか」

「つまり、私の推理が成立する可能性が強いということなんだ」

十津川は、重い口調で、いった。

親しい友人を、疑わなければならないというのは、辛《つら》いことだった。

いつもの事件なら、犯人が浮かびあがってくれれば、嬉しさが広がるものだが、今度だけは、違っている。

「中田さんが、犯人かどうか、確かめられたら、どうですか？」

と、亀井が、いった。

「確かめるといってもね、カメさん。たんにきけば、否定するに決まっているし、高見まり子殺しについては、アリバイがないんだよ」

「岡部ひろみ殺しのほうは、確かめようがあるんじゃありませんか」

「そうかな？」

「高千穂のほうが、どうなっているのか、教えていただけませんか」

と、亀井が、いった。

十津川は、向こうで進行している事件の概要を亀井に、説明した。

「お茶でも飲みながら、二人で、検討してみませんか」

と、亀井は、きき終わったあと、十津川を誘った。

二人は、目の前に見えた喫茶店に入り、コーヒーを注文した。

亀井は、ブラックで、ひと口飲んでから、

「三十一日の午後六時から七時の間に、岡部ひろみさんは、高千穂で、殺されたわけですね？」

と、確かめるように、きいた。

「そうだ。天の岩戸の近くで、殺された」

「一方、中田さんは、四月一日の朝、大阪支店に、出勤したわけでしょう。転勤第一日ですから」

「ああそうだ」

「前日の夜六時から七時までの間に、高千穂で、人を殺して、翌一日の朝、大阪の、会社にこられるものかどうか、調べてみられたら、いかがですか？　もし、不可能なら、中田さんは、岡部ひろみさんを、殺してないことになります。それが、即、高見まり子の殺人のシロを証明することにはなりませんが、シロの可能性は、強くなると思いますよ」

と、亀井は、いった。

十津川の顔が、急に、明るくなった。

「カメさんのいうとおりだよ。なぜ、そんな簡単なことに、気づかなかったのかね」

「いつもの警部じゃなかったからでしょう」

と、亀井は、笑った。

「私は、明日大阪へいってみる。中田が四月一日の朝、本当に支店に出勤したかどうかを、確かめる。カメさんも一緒にいってくれないか。中田は、高見まり子殺しの有力容疑者だから、大阪行も、認めてくれるはずだ」

「喜んで、同行させていただきます」

と、亀井も、いった。

6

十津川と、亀井は、翌朝早く、新幹線で大阪へ向かった。

中田の勤めている太陽商事の大阪支店は、大阪駅の近くにあった。

二人は、新幹線の新大阪から、タクシーで、太陽商事に向かった。

着いたのは、九時四十分で、もちろん、社員は、出勤していた。

十津川と、亀井は、大竹《おおたけ》という支店長に会った。

大竹も、二年前に、東京本社から、赴任してきたということだった。

「中田君は、明日から出勤するそうですよ」

と、大竹は、いった。

「その中田さんですが、四月一日から、こちらにきたわけですね？」

亀井が、十津川に代わって、きいた。

十津川は、黙って、話をきいている。

「そうです。しかし、親友の奥さんが、九州で殺され、この友人が、犯人にされたというので、休暇をとって、あわただしく、出かけました。大変ですよ。彼も」

大竹は、同情するように、いった。

「四月一日は、何時に出社したか、覚えておられますか？」

と、亀井が、きいた。

「よく覚えていますよ。うちは、午前九時始業ですが、四月一日は、三十分ほど、おくれて、駆けつけましたよ。息をはずませていましてね。申しわけありません。転勤早々、おくれてしまいましてって、私に、頭を下げていましたからね」

と、大竹は、笑った。

「すると、九時三十分に、出社したわけですか？」

「そうです。九時三十分でしたね。中田君が、あんまり恐縮するんで、私が、時計を見て、三十分くらい気にするなと、いったんで、覚えているんです」

「彼は、なぜ、三十分遅刻したか、その理由を、いいましたか？」

と、初めて、十津川が、質問した。

「うちで、中田君のために、野田《のだ》に、マンションを用意したんですが、馴《な》れないので、そこから、乗る電車を間違えてしまったんだといっていましたよ。まあ、大阪が初めてだそうだから、仕方がないでしょう」

と、大竹はいった。

二人は、支店長に礼をいうと、外に出た。

「三月三十一日の午後六時から七時の間に、高千穂で、人を殺した人間が、翌日の午前九時半に、大阪の会社に出勤できるかどうか、調べてみようじゃありませんか？　不可能なら、警部のお友だちは、シロですよ」

と、亀井が、いった。

二人は、まだ、モーニングサービス中の喫茶店に入った。

三百五十円で、コーヒー、トースト、それにボイルドエッグがついてくる。

二人は、それを前に置いて、用意してきた時刻表を広げてみた。

「犯人に有利なように、三月三十一日の午後六時に、高千穂で、岡部ひろみを、殺したことにして、考えてみようじゃありませんか」

と、亀井は、いった。

「犯人は、高千穂線に乗って、延岡に出て、あとは、日豊本線で、小倉《こくら》に出て、小倉からは、新幹線で大阪というコースをとるだろうね」

十津川は、索引地図を見ながら、そのコースを、指でなぞった。

「高千穂発一八時五一分という電車がありますね。その前は、一六時〇三分発だから、乗れません」

亀井は、高千穂線のページを見て、いった。

「延岡着は、二〇時二七分か」

と、十津川。

「これに接続する日豊本線の上りは、二一時〇三分延岡発の寝台特急『彗星《すいせい》82号』ですが、これは季節列車だから、駄目ですね」

「そのあとというと、〇時五三分延岡発の急行『日南《にちなん》』しかないんだな。これに乗ると、小倉着は、四月一日の午前六時一二分だ。ちょっと間に合いそうもないよ」

「小倉発六時五〇分の『ひかり20号』に乗れますが、この列車の新大阪着が、九時三六分です。新大阪から大阪駅近くの太陽商事の大阪支店までは、三十分はかかりますから、午前十時すぎにしか、出社できませんよ」

と、亀井が、いった。

「新幹線が間に合わないとすると、飛行機か」

「そうですね。福岡→大阪間は、飛行機が、飛んでいます」

と、いいながら、亀井は、国内線の航空ダイヤのページを開いて、

「午前八時〇〇分の、ANAに乗れば、大阪には、九時〇〇分に着きますね」

「問題は、その飛行機に乗れるかどうかと、伊丹《いたみ》空港から、大阪市街までの時間だね」

「伊丹空港から、大阪駅まで、定期バスで、三十分ですから、何とか間に合いますね。あとは、午前六時一二分に、小倉に着いて、福岡空港に、八時までに着けるかですね」

「それを、検討してみよう」

と、十津川は、いった。

小倉から博多《はかた》まで、一番早くいけるのは、やはり、新幹線だろう。新幹線の小倉始発は、七時〇〇分である。これに乗ると、七時二〇分に博多に着ける。

しかし、タクシー待ちや、搭乗手続を考えると、果して、福岡空港を、八時に出発する飛行機に、乗れるのか？

博多駅から、空港までは、車で、十三分と出ている。単純に計算しても、博多着七時二〇分では、それに、十五分プラスして、七時三五分になってしまうのだ。

それに、乗り換えなどの時間が、プラスされたら、やはり、八時〇〇分発の飛行機には、乗るのは難しいだろう。

「だんだん、お友だちは、シロくさくなってきましたよ」

と、亀井は微笑んだ。

もし、不可能ならば中田は、少なくとも、岡部ひろみ殺しについては、シロになるのだ。

十津川は、はじめて、トーストを、ちぎって口に入れ、コーヒーを飲んだ。

「まだアリバイが成立したわけじゃないよ」

と、十津川は、慎重に、いった。

「しかし、これ以上早く、大阪にいけるルートは、ないんじゃありませんか？」

と、亀井が、きいた。

「そうならいいがねえ」

と、十津川は、なおも時刻表を見ていたが、

「ほかの空港があるよ」

と、いった。

「どんな空港ですか？」

「九州の各空港から、大阪まで、飛行機が飛んでいるんだ」

と、十津川は、いい、その一番機の時刻を、書き抜いた。

大　分　九時〇五分→大阪　九時五五分
熊　本　七時五〇分→大阪　八時五〇分
長　崎　七時五五分→大阪　九時〇〇分
宮　崎　八時一〇分→大阪　九時一〇分
鹿児島　七時五〇分→大阪　八時五五分

「見てみたまえ。大分発は、間に合わないが他の四本は、何とか間に合うんだよ」

と、十津川は、いった。

「問題は、その飛行機に間に合うように、それぞれの空港に着けるかどうかですね」

亀井が、いう。

それを検討してみることにした。

犯人は、高千穂線で延岡に、二〇時二七分に着く。

まず熊本である。

日豊本線で、大分に出て、大分から、豊肥《ほうひ》本線で、熊本に出ることになる。

日豊本線は、〇時五三分延岡発の急行「日南」に乗るとして、大分着は、午前三時三五分である。

豊肥本線は、午前八時二七分大分発の急行「火の山2号」にしか乗れない。これでは、とうてい間に合わない。

次は、宮崎である。

これは、延岡から、日豊本線を、逆に、下りに乗ればいい。

延岡発二一時四一分の特急「にちりん29号」に乗れる。それだと二二時五六分には宮崎に着くから、翌朝まで、ゆっくり、旅館かホテルで、眠れるのだ。

最後の鹿児島も、間に合うだろう。

二二時五六分に、宮崎に着いたあと、タクシーを拾って、鹿児島空港へいけばいいからである。

宮崎から、鹿児島まで、約百二十キロあるが、二二時五六分から、翌朝七時五〇分まで、九時間あれば、楽に、着けるはずなのだ。

「宮崎か、鹿児島のどちらかから、飛行機に乗れば、間に合うんだ。中田は、やはり、クロかもしれんよ」

と、十津川は、いった。

「四月一日に、その飛行機に乗ったかどうか、調べてみようじゃありませんか」

と、亀井が、諦《あきら》めずに、いった。

「しかし、カメさん、国内線は、偽名でも乗れるんだよ」

「わかっていますが、宮崎にしろ、鹿児島にしろ、第一便に乗らなければ、間に合わないんです。スチュワーデスが、顔を覚えているかもしれませんよ」

と、亀井は、いった。

二人は、いったん、東京に戻ると、宮崎と、鹿児島の空港に、電話をかけ、四月一日の大阪行の第一便の乗客名簿をファックスで、送ってくれるように、頼んだ。

すぐ、両方から、乗客名簿が、ファックスで、送られてきた。

宮崎は、二百二十八名。鹿児島は、三百十六名の名簿だった。

そのなかに、中田信夫の名前は、なかった。が、だからといって、彼が、乗らなかったとは、いい切れない。

偽名の場合があるからである。

そこで、合計五百四十四名の乗客のうち、男だけについて、全員を、調べることにした。

住所が、東京の人間については、自分たちで調べるが、他府県の場合は、それぞれの警察に、協力を仰いだ。

この作業は、丸一日かかった。

が、それだけの値打ちがあった。

調べた全員が、書かれていた住所に、実在していたのである。

偽名で乗っていた乗客は、ひとりもいなかったことになる。つまり、中田は、この二つの飛行機に、乗らなかったのだ。

（彼は、シロなのか？）

7

十津川は、正直いって、ほっとした。

ともかく、中田が、岡部ひろみを殺すことは、できなかったと、思ったからである。

だが、いぜんとして、高見まり子を殺した容疑のほうは、残っている。

高千穂にいる小沼に、電話を、かけてみた。

「仕事があるので、中田は、大阪へ帰ったよ」

と、小沼は、いった。

「それで、岡部は、どうなんだ？　真犯人は見つからないのか？」

と、十津川は、きいた。

「全力をつくして、聞き込みをやってみたんだが、真犯人は、浮かんでこないね。俺は、どうしても、三十一日の朝、電話してきた男が、ひろみさんを、天の岩戸に呼び出して、殺したんだと思うんだがね」

と、小沼は、いう。

「いきずりの犯行とは思わないわけか？」

「思えないね。ひろみさんは、ハンドバッグを持って、旅館を出たんだが、そのハンドバッグは、見つかっている。何も、盗まれていないんだよ」

「高千穂署は、どう見ているんだ？　その点を」

と、十津川は、きいた。

「いきずりの犯行じゃないから、夫の岡部が殺したと見ているよ。岡部が、圧倒的に不利なんだ。だから、もう真犯人を見つけるより仕方がないんだよ。こっちへきて、助けてくれないか。俺ひとりじゃ、岡部を、助けられそうになくなったよ」

小沼は、弱音を吐いた。

十津川は、電話がすんだあと、しばらく考えていたが、

「これから高千穂へいってきたいんだが」

と、亀井に、いった。

亀井は、すぐ、

「いっていらっしゃい。こちらは、大丈夫です。高見まり子の関係者を、ひとりずつ、当たっていく作業ですから、警部がおられなくても、何とかやれます」

「中田の件だが、遠慮なく、調べてくれ」

と、十津川は、いった。

その日のうちに、十津川は、宮崎に、飛行機で、飛んだ。

そして、日豊本線で、延岡に出て、あとは、高千穂線に乗った。

高千穂駅に降りたのは、午後八時に近い。

周囲は、すでに、暗く、沈んでいた。

改札口のところに、小沼が、迎えにきてくれていた。

「この時間じゃ、列車のなかからのいい景色は見えなかったろう」

と、小沼は、旅館に向かって、歩き出しながら、十津川に、いった。

「もっと、田舎かと思ったんだが意外に、近代的な町なんだね」

と、十津川は、周囲を見回しながら、いった。

天の岩戸とか、神々の国というので、ひなびた山峡の町というイメージで、やってきたのだが、道路は、綺麗《きれい》に舗装されているし、ビルも建っている。

小沼は、笑って、

「人口が、二万もあるんだよ。高千穂署だって、いけば、びっくりするよ。モダンな建物でね」

「人が出ているね」

「八時から、毎日、夜神楽《かぐら》があるからさ」

と、小沼は、いった。

しかし、旅館に着いて、事件のことに触れると、小沼の顔が、暗くなった。

「法廷で弁護するのは、得意なんだが、真犯人を見つけるのは、あまり得意じゃなくてね」

と、小沼は、いった。

遅い夕食をとってから、十津川は、小沼と、高千穂署へ出かけた。

なるほど、小沼のいうとおり、鉄筋のモダンな建物である。成城署より立派だった。

十津川は、無理に頼んで、取調室で、岡部に会わせてもらった。

さすがにあの元気者の岡部が、げっそりと、やつれてしまっていた。

それでも、十津川の顔を見て、にっこりと笑った。

「小沼も一緒にきたんだが、こちらの警察で、私ひとりしか駄目だといわれてね」

と、十津川は、いった。

「君ひとりでも、百人力だよ。俺は、家内を殺してなんかいないんだ。これは、神に誓ってもいい」

岡部は、すがるような目で、十津川を見た。

「信じているさ。君には、奥さんを、殺せないさ」

と、十津川は、いった。

「だが、誰が、いったい、家内を殺したんだろう？　家内は、敵を作るようなタイプじゃないんだがね。いきずりに殺されたのかとも思ったんだが、ここの警察は、違うというしね」

「物盗りじゃないね」

「まさか、犯人は、俺を恨んでいて、それで、家内を殺したんじゃないんだろうかと思うんだが」

「思い当たることでもあるのか？」

「いや。ただ、そうだとしたら、家内に申しわけないと、思ってね」

と、岡部は、いう。

「ここへくる前だが、奥さんが、何か、いってなかったかね？　例えば、妙な電話が、かかってくるとかだが」

十津川が、きくと、岡部は、じっと、考えていたが、

「別に、ないねえ」

と、いった。

が、すぐ、続けて、

「中田のことを、いっていたよ」

「中田のことを？」

「そうなんだ。今度の事件とは、関係ないんだが、中田に、会ったって、いうんだ」

と、岡部は、いう。

自然に、十津川は、緊張した。

「それは、いつ、会ったと、奥さんは、いってたんだ？」

「どうしたんだ？」

「何が？」

「妙に真剣な顔をするからさ。家内が、中田と会ったことが、どうかしたのか？」

岡部は、首をかしげた。

「ただ、ちょっと、興味があってね。いつのことだ？」

「確か、二十九日だったと思うね。夕食の時に、家内が、今日、中田に会ったといったんだ」

岡部は、何気なく話すのだが、十津川は、緊張していた。

（やはり、二十九日に、中田は、岡部の奥さんと、出会っていたのか）

と、思いながら、

「それを、詳しく話してくれないか」

と、いった。

一度消えた、中田への疑惑が、また、ぶり返してきてしまった。

「詳しくといってもね。家内は、毎日、近くの教室に、エアロビクスを習いにいってるんだ。その日も、二時すぎに、バイクで出かけたらしいんだが、駅近くの交差点で、車に乗った中田と、出会ったと、いっていたね。赤信号で停まったら、横に、中田の車があったというんだ」

「その時、奥さんは、中田と、何か話したのかね？」

と、十津川は、きいた。

「簡単な挨拶をしたらしい。お元気ですか、とか、どこへいくんですかとかね」

「ほかには？」

「おい、おい。中田が、何かあるのか？」

と、岡部は、また、きいた。

さすがに、十津川の熱心さが、おかしいと、思ったのだろう。

「いや、ただ、気になってね」

「家内と、中田が、妙な仲だったなんて、いうんじゃあるまいね？」

「それは、ないよ。ただ奥さんの行動は、全部、しりたいんだ。何が、事件に関係してくるか、わからないからね」

と、十津川は、いった。

「信号が、青になったので、すぐ、中田とは、わかれたと、いっていたよ」

と、岡部は、いった。

おそらく、それは、事実だろう。だが、中田にとって、簡単な会話が、殺しへの動機になったのでは、ないだろうか。

8

十津川は、高千穂署を出ると、重苦しい気分になっていた。

また、中田に対して、疑惑が、生まれてきたからである。

「どうしたんだ？」

小沼が、覗きこむようにして、きいた。

「君は、ここで、中田と三日間一緒にいたんだったね？」

と、逆に、十津川が、きいた。

「ああ。彼は、仕事があるのに、よくやってくれたよ。何しろ、大阪支店に転勤してすぐの時だったからね。休暇を取るのも、大変だったと思うよ」

「三日間、中田の様子は、どうだった？」

と、十津川は、きいた。

「ちょっと待ってくれよ。君は、中田を、疑っているのか？」

小沼が、咎《とが》めるように、十津川を見つめた。

「そうは、いっていないよ」

「中田には、動機がないよ。彼と、岡部の奥さんの仲が、おかしいなんてことは、絶対にあり得ないんだからね」

「そんなことは、わかってるよ」

と、十津川は、いった。

「じゃあ、何なんだ？　刑事だからといって、友人まで疑うのは、許せないぜ」

「少し、考えたいことがあるだけだよ」

と、十津川は、いった。

翌朝、十津川は、眠れなくて、早く起きてしまった。

十津川は、旅館を出ると、朝もやのなかを、高千穂駅の方向へ、歩いていった。

昨夜は、中田が犯人かもしれないという疑念を抱いて、ほとんど、眠れなかった。

バス停が見えた。

（おや？）

と、いう感じで、十津川が、立ち止まったのは、そこに、

〈高森《たかもり》駅行〉

という字が、見えたからだった。

十津川の目が、高千穂線で延岡方面へだけ向いていたのに、ここから熊本県の高森へ出る方法もあるのだなと、気づいたのだ。

十津川は、バス停に書かれた時刻表を見てみた。

高千穂から高森までバスで、一時間二十六分かかる。ひとり千二百円とある。

十津川は、高千穂駅に飛びこむと、売店で、時刻表を買った。

旅館に戻ってから、ゆっくり見る余裕がなくて、駅のベンチに腰をおろして時刻表を、広げた。三月三十一日の午後六時に、高千穂で、殺人をやって、高千穂線で帰っては、飛行機を使う以外、翌四月一日の午前九時半に、大阪には、いけないのだ。

そして、中田は、飛行機には、乗っていなかった。

だが、熊本県側へ、出たらどうだろうか？

高森行のバスは、一六時二三分が、最終である。

したがって、午後六時に、岡部ひろみを殺したときには、もう、バスは、なくなっている。

しかし、タクシーなら、レンタカー、あるいは、バイクを使えば、一時間半で、高森へいけるはずである。

一九時三〇分、高森着なのだ。

高森からは、南阿蘇《みなみあそ》鉄道がある。十津川は、時刻表のページを、繰っていった。

一九時三一分高森発という列車があった。

これに乗れたとすると、立野《たての》着が、一九時五八分になる。

立野からは、豊肥本線である。

もう急行は、なくなっているが、二〇時〇四分発、熊本行の普通列車があった。

それに乗ったら、どうなるのか？

熊本には、二〇時五一分に着ける。

この日は、熊本に泊まって、翌朝の飛行機で、大阪へいくことが、まず考えられた。

熊本　七時五〇分↓大阪　八時五〇分

これで、間に合うのだ。

(中田が犯人として、このルートを、使ったのか?)

だが、十津川は、違うと思った。もし、飛行機を利用するのなら、むしろ、宮崎発を、使っただろうと、思ったからである。

中田が、犯人としての話だが、飛行機は、目立つと思って、利用しなかったに違いない。

それなら、熊本↓大阪の飛行機も使わなかったに違いない。

列車なのだ。

博多へ出て、新幹線だろうか?　しかし、新幹線は、朝一番に乗っても、間に合わないことは、わかっている。

博多から新大阪への最終は、二〇時〇六分発だから、三十一日には、乗ることは、できない。

(寝台特急《ブルートレイン》だ)

と、思った。

それ以外で、方法はないからである。

十津川は、寝台特急のページを、開いてみた。
熊本を、二〇時五一分以降に出る上りのブルートレインは、一本だけである。
西鹿児島→新大阪の「なは」である。
この列車の熊本発は、二二時二七分だから、ゆっくり、乗れるのだ。
（そして、大阪着は？）
と、目をやると、そこに、午前八時二〇分の数字が見えた。

9

これで、中田のアリバイは、消えたのか？
十津川は、慎重に、もう一度、時刻表を、調べてみた。
高森からが、ぎりぎりだったからである。もっと余裕があるのかどうかの検討だった。
一八時（午後六時）岡部ひろみを殺す
一八時→高森一九時三〇分
高森二〇時四二分→立野二一時〇九分

立野二一時一三分↓熊本二二時〇〇分

これでも、二二時二七分熊本発のブルートレイン「なは」に、ゆっくり、乗れるのである。

天の岩戸での殺害時刻を、午後七時と見ても、この時刻表は、通用する。

二〇時三〇分（午後八時三十分）には、高森に着き、二〇時四二分の南阿蘇鉄道に、乗れるからである。

（やっぱり、中田が、犯人なのか？）

と、思ったとき、十津川は、肩を叩《たた》かれた。

小沼だった。

「こんなところで、何をしてるんだ？」

と、小沼がきく。

十津川は、立ちあがると「とにかく、歩こう」と、いい、小沼を、駅の外へ連れ出した。

「何を深刻に考えているんだ？」

歩きながら、小沼が、きく。

十津川は、ゆっくりと、中田のことを、話した。

東京での高見まり子の事件から、中田のアリバイについてまでである。

小沼は、目を剝いて、きいていたが、きき終わると、唸《うな》り声をあげた。

「信じられないよ。中田が、犯人だなんて」

「私だって、信じたくはないさ。だが、中田が犯人の可能性が強いんだ。アリバイも、崩れたしね」

と、十津川は、いった。

「しかしだな」

と、小沼は、首を振って、

「君のいうとおりなら、三十一日の朝、岡部の奥さんに東京から電話してきた男も、中田ということになるんじゃないか？」

「そうなるね」

「しかし、もし、それが、中田だったら、奥さんは、なぜ、岡部に内緒にしていたんだ？」

「そこは、中田が、うまく話したんだろう。例えば、岡部に女がいるのがわかった。それを、奥さんに、内緒で、話したいといえば、彼女は、岡部に、いわずに、中田に会うんじゃないかな。岡部は、仕事熱心で、奥さんのことを、ほったらかしにしてきていたからね。女がいるといわれたら、奥さんは、信じたんじゃないかね」

と、十津川は、いった。

それでも、小沼は、半信半疑の顔で、

「しかし、中田は、九時に、東京から、電話していたことになるんだ。午後六時に、高千穂に、こられるのかね？」

「列車では、間に合わないが、飛行機を使えば、充分に、こられるさ。東京→大分でも、東京→熊本でも、あるいは、東京→宮崎でもいいんだ。いや、一番、便の多い、東京→福岡でも、ゆっくり、こられるさ」

と、十津川は、いった。

十津川は、立ち止まり、時刻表を広げて、東京→福岡を、例にとってみた。

東京九時四五分→福岡一一時三〇分
博多一一時五〇分（鹿児島本線）→熊本一三時二六分（特急有明《ありあけ》17号）
熊本一三時三〇分→立野一四時二一分
立野一五時四四分→高森一六時一五分
高森一六時三〇分（バス）→高千穂一七時五六分

「これで、間に合うんだ。大分か、宮崎からなら、高千穂線を、使えばいい。やってみようか」

と、十津川は、いい、このルートも、調べてみた。

東京一〇時二〇分（全日空）↓宮崎一二時〇五分

宮崎一四時四二分（特急にちりん28号）↓延岡一六時〇一分

延岡一六時二〇分（高千穂線）↓天岩戸一八時〇二分　高千穂一八時〇八分

それでも、まだ、小沼は、信じかねる様子で、

「中田は、わざわざ、休暇を取って、やってきてくれたんだよ」

と、いった。

十津川は、冷静に、

「それも、考えてみれば、犯行が、ばれないかを、心配して、休暇を取って、高千穂にやってきたのかもしれない」

「よく、そこまで、親友を、疑えるもんだね」

「それが、刑事の仕事だからね」

「しかし、証拠はないんだ。そうだろう？」

「ああ、ないよ」

「じゃあ、どうするんだ？」

「君が、中田に、電話してくれ」

と、十津川は、いった。

「俺が、何と、電話するんだ？　お前は岡部の奥さんを殺したろうと、いうのか？」

小沼が、眉《まゆ》をひそめて、きく。

「それじゃあ、中田は、逃げ出すか、無視してしまうよ」

と、十津川は、苦笑してから、

「まず、君が、ひとりで高千穂にいることにするんだ。それから、こういう。ずっと、聞き込みをやっていたら、三十一日の夜、現場近くで、あわてて逃げ出す男を見たという目撃者が見つかったってね」

「それで？」

「当然、中田は、目撃されたのは、どんな男かと、きくはずだ。気になるからね」

「ああ、わかるよ」

「そうしたら、おもむろに、それが、君なんだと、いうんだよ」

「そんなはずはないといったら、どうするんだ？」

「俺も、信じられなかったと、まず、いう。しかし、今日、何気なく、熊本側の高森のほうへいってみたら、この駅でも、駅員が三十一日の夜、君を見たといっていると、いえばいい。三十一日、中田は、天の岩戸で、殺人を犯したあと、高森へ出て、南阿蘇鉄道に乗ったに違いないから、ぎょっとするに、決まっている」

十津川は、確信を持っていった。

「それだけでいいのか？」

「もうひとつ、もう一度岡部に会ったというんだ。その時、岡部が、二十九日の夕食の時、奥さんが、今日、中田さんと会ったと話していたことを、思い出して、自分にいったとね。これで、中田が犯人なら、びくつくはずだ」

「それで、どうなるんだ？」

「たぶん、中田は、君の口を封じようと、ここへやってくる」

「おい、怖いことをいうねえ」

「事実をいってるんだ。私が中田でも、そうするよ」

と、十津川は、いった。

「中田が、犯人じゃなかったら？」

「その時は、笑い出すだろうね」

「できれば、中田が、笑い出して、ほしいものだよ」

と、小沼は、いった。

10

その日の午後、小沼が、太陽商事大阪支店に、電話をかけ、中田営業部長を、呼び出した。

十津川は、傍できいていた。

小沼は、現場の聞き込みを、続けていて、やっと、目撃者を見つけたと、いった。

「三十一日の午後六時すぎに、中年の男が、あわてて逃げるのを見たというんだよ」

と、小沼は、いった。

本来ならば、喜ぶはずの中田が一瞬、沈黙してしまってから、

「どんな男を見たといってるんだ？」

と、きいた。

「その男の背格好を、いってくれたんだが、驚いたことに、君にそっくりなんだよ」

「そんな馬鹿な！」

「俺だって、馬鹿馬鹿しいと思ったがね。たまたま、君の写真を持っていたので見せたら、間違いなくこの人だというんだ。いったい、どうなってるんだろう？」

「人違いだよ」

「俺もそう思ったんだが、もうひとつあるんだ」

と、小沼は、思わせぶりにいった。

「どんなことだ？」

「今朝、散歩にいってね。高森行のバスが出ているんで、乗ってみた。ひょっとすると、犯人は、熊本側に、逃げたかもしれないと思ったものだからね」

「――――」

「バスで、高森駅に着いてから、駅で、三十一日の夜おそく、怪しい人物が、南阿蘇鉄道に乗らなかったかと、きいてみたんだ。そうしたら、確かに、三十一日の夜おそく、ひとりの男が、顔をかくすようにして、乗ったというんだ。ところが、その男の顔が君なんだよ。こちらの駅員も、君の写真を見せたら、この人だったと、確認しているんだよ」

「馬鹿な――」

と、中田はいったが、その声は、前より弱々しくなっていた。

小沼は、言葉を続けて、

「実は、今日、もう一度、岡部に、会えたんだよ」

「それで――？」

「岡部が、妙なことをいったんだ。二十九日のことだそうだ。夕食の時、奥さんが、今日、君に会った話をしたというんだよ。君は車で、成城のほうへ向かっていたというんだ。その話も、ちょっと、気になってねえ」

と、小沼は、いった。

中田は、電話の向こうで、唾《つば》をのみこむような声を出した。

「今、そこに、十津川もいるのか？」

「いや、奴は、東京で、事件を追っているよ。なんでも、ホステスが殺された事件だそうだ」

「君ひとりか？」

「ああ」

「俺も、いきたいが、仕事があってね」

「わかってるよ。俺は、ひとりで、今日の目撃者の話を、検討してみるよ」

と、小沼は、いった。

電話を切ると、小沼は、十津川に向かって、

「これでいいのか？」

「ああ、いいよ」

「しかしいやな気持ちだな、友人を罠《わな》にかけるのは」

と、小沼は、暗い顔で、いった。

「その気持ちはわかるが、岡部のほうは、無実なのに、留置場だよ」

十津川は、いうと、小沼は「わかった」と、うなずいた。

これで、罠は、仕かけられた。

大学時代の友人を、罠にかけるのだから、十津川だって、気が進まないのだ。だが、ここまでくると、中田の犯罪を明らかにするのは、ひとつの義務だと、思っていた。

小沼は、落ち着きを失っていた。

「今日中に、やってくるかね？」

と、小沼は、きく。

十津川は、笑って、

「今日は、もう、間に合わないよ。中田がくるとすれば、明日だ」

と、いい、階下へいくと、帳場で、もし、問い合わせがあったら、小沼が、ひとりで泊まっていると、答えてくれと、頼んでおいた。

中田は、小沼の言葉を信じないで、おそらく、電話で確かめてくると思ったからである。

東京の亀井にも、電話しておいた。

「私に電話があったら都内で、捜査に出ているといってくれ。九州にいったことは、内緒だ」

「電話してくるのは、女性ですか?」

と、亀井が、きく。

「それなら、楽しいんだがね」

と、十津川はいった。

部屋に戻ると、小沼が、冷蔵庫から、缶ビールを、何本も出して、テーブルの上に並べている。

「今日は、飲んでいいだろう?」

と、小沼が、きいた。

「ああ、今日はいいよ」

「君もつき合え」

と、小沼が、いった。

ウィスキーの水割りも、頼んで、二人で、飲みだした。

十津川も、小沼も、あまり、強いほうではないのだが、今日は、なかなか、酔わなかった。

二時間近く飲んでいるうちに、小沼が、急に、酔いが回って、その場に、崩れるように眠ってしまった。

十津川は、毛布をかけてやってから、ひとりで旅館の外に出た。

すでに、周囲は暗くなっている。

まだ、夜になると、風が冷たかったが、その冷たさが、気持ちよかった。

十津川は、天の岩戸の方向に向かって、ゆっくり、歩いていった。

もう、中田が犯人だという確信は、ゆるがない。

(奴も、可哀そうな男だ)

と、思う。

東京で、高見まり子を、殺さなければならなかったのは、追いつめられたからだろう。

そこで、すんでいれば、彼も、親友の妻を殺さなくてすんだのだ。

高見まり子の死体を車で運び出したので、偶然、岡部の妻と、その途中で、ぶつかってしまった。

中田だって、彼女まで殺すことになるとは、思っていなかったろうし、岡部ひろみにしたら、なおさら、夫の友人に、殺されるなどとは、考えていなかったのではないか。

(三月三十一日は、天の岩戸の近くで、岡部ひろみを殺したあと、中田は、どうやって、高森へ出たのか？)

刑事の性癖で、完全に、解明したくなってしまう。

高千穂から、高森へいくバスは、もう、なくなっている。

歩いたら、夜が明けてしまうだろう。

とすると、タクシーに乗るか、バイクを使ったか、あるいはレンタカーだが、十津川は、タクシーと、レンタカーは、ないと思った。

高森と、高千穂の両駅は、タクシーはあるが、その数は多くない。乗れば、運転手に顔を覚えられてしまうだろう。

レンタカーは、免許証を提示しなければ、車は借りられない。とすれば、それも、ないだろう。

残るのは、バイクである。

おそらく、高森で、バイクを盗み、それに乗って、高千穂にやってきて、岡部ひろみを殺し、またバイクで、高森へ出ていったのだろう。

(岡部ひろみを殺すとき、中田は、どんな気持ちだったのだろうか？)

と、十津川は、ふと、思った。

11

翌日は、朝から、小雨だった。

「なみだ雨か」

と、小沼は、冗談めかしていったが、それが、冗談にならなくて、二人とも、ぼんやりと、雨雲を見あげてしまった。

昼になって、十津川は、太陽商事の大阪支店に、電話を入れてみた。

案の定、今日、中田は、休暇を取ったという。

「やってくるぞ」

と、十津川は、小沼に、いった。

午後二時頃、旅館の帳場に、男の声で、電話が入った。

そちらに、十津川という人が、泊まっていないかときいたという。

中田も、十津川が、きているのではないかと、疑っているのだ。

六時に、夕食をとったあと、十津川は、別室に、入った。

あとは、中田が、現れるのを、待つだけである。

犯人に罠を仕かけたことは、何度もあるが、こんな、重苦しい罠は、初めてだった。

午後七時、八時となった。が、まだ、中田は、現れない。

急に、部屋の襖《ふすま》が開いて、小沼が、顔を出した。

その顔が、いやに蒼い。

「今、電話があったよ」

と、小沼が、いった。

「中田からか？」

「ああ」

「呼び出しか？」

「今、天の岩戸にきているというんだ。自分も、ここで、犯人の遺留品らしきものを見つけたから、きてくれないかというんだよ」

「突然、ここへくるかと思ったが、呼び出しか」

「俺を、殺す気かな？」

「そうだよ」

「いくべきだろうね？」

「気が進まなければ、やめてもいいよ。ほかの方法で、証拠を摑《つか》むから」

と、十津川は、いった。

「いいよ、これから出かける」

と、小沼は、いった。

「君を、中田に殺させないよ。これ以上、人を殺させたくないし、君を失うのもいやだからね」

十津川は、微笑して見せた。

まず、小沼が、旅館を出た。

少し遅れて、十津川も、旅館を出た。

雨があがって、何となく、生暖かい。

先を歩いていく小沼を、見失わないように、十津川は、歩いた。

周囲は、暗い。

それでも、時々、観光客らしい人たちが、かたまって、歩いていくのに、ぶつかった。

天の岩戸で、夜神楽がおこなわれているからだろう。

小沼が、歩きながら、煙草に火をつけたので、時々、ぼうっと、明るくなる。

岡部ひろみが、殺された現場近くにきた。

天の岩戸では、夜神楽がおこなわれていて、観光客で、賑《にぎ》やかなのだろうが、この殺人現場のほうは、ひっそりと静かである。

小沼は、立ち止まって、周囲を見回していた。

中田は、なかなか、現れない。

小沼は、しきりに、煙草を吸っている。

十津川は、物陰に身をかくしてじっと、待った。

刑事の十津川は、待つのには、馴れているが、小沼が、心配だった。

しびれを切らして、十津川を呼んだりしたら、すべてが、駄目になってしまうからだった。

一時間、たった。

明らかに、小沼は疲れて、いらだっていた。

からになった煙草の箱を、くしゃくしゃに丸めて、ほうり投げた。

疲れて、小沼は、その場に、しゃがみこんだ。

その時、黒い人影が、現れた。

そっと、その人影が、しゃがみこんでいる小沼に近づいた。

小沼は、気づいていない。

人影が、手に持った何かを、頭上に振りあげた。

「やめろ!」

と、叫んで、十津川は、飛び出し、人影に向かって、突進した。

黒い人影が、ぎょっとして、立ちすくんでいる。

小沼も、立ちあがって、振り向いた。

「中田!」

と、小沼が叫んだ。

相手が、手に持った大きな石を、ほうり出して逃げ出した。

十津川は、突進したままの勢いで、相手にタックルした。
一緒になって地面に転倒した。
小沼も、駆け寄った。
十津川が組み伏せた相手は、突然、泣き出した。
十津川は、相手をはなして、立ちあがった。
もう、相手は、逃げようとしなかった。
十津川と、小沼は、顔を、見合わせて、溜息をついた。
小沼が、しゃがみこんで、中田の肩に手をかけた。
「今度は、俺が、お前の弁護を、引き受けるよ」
と、小沼が、いった。

（双葉文庫『十津川警部の休日』に収録）

ＥＦ63形機関車の証言

1

秋日和の土曜日だからといって、誰もが、楽しい行楽に出かけるとは限らない。病気で寝ている人もいるだろうし、中には、銀行強盗を働く人間もいるのだ。

浅草雷門《あさくさかみなりもん》近くにあるＭ銀行浅草支店に、その強盗が入って来たのは、十月三十日土曜日の午前十一時二十分頃《ごろ》である。

店内には、この時、五人の客がいた。

身長一七三センチぐらいで、グレーのコートを着て、眼と鼻、それに、口のところに穴をあけた毛糸の頭巾《ずきん》をすっぽりかぶった男は、店内に入って来るなり、拳銃《けんじゅう》を一発、ぶっ放した。

弾丸は、天井に命中した。

そうやって、十五人の行員と、五人の客を、ふるえあがらせておいてから、男は、窓口の女子行員に向って、

「これに、金を詰めろ！」

と、大きな茶色のボストンバッグを渡した。

男は、落ち着いていた。

支店長の浜田《はまだ》は、客に怪我《けが》をさせてはいけないと考え、女子行員にいって、百万円の札束を五つ、バッグに入れさせた。

男は、「まだだ」と、いった。

「あと五百万ばかり、入れるんだ」

浜田は、仕方なくいわれるままに、五百万円を入れると、男は、ボストンバッグを、抱えて、

「今から、五分間、そのままにしているんだ。さもないと、容赦なく、殺すぞ！」

と、捨てゼリフをはき、さっと、扉の外に抜け出して行った。

若い行員の一人が、あわてて、そのあとを追った。が、銀行の前の通りは、土曜日ということもあって、人通りが多く、男の姿は、その雑踏の中に、消えてしまっていた。

警察に通じる非常ボタンは、男が入って来た時に、支店長が押していたから、二、三分後には、パトカーが駆け付け、すぐ、銀行の周辺に、非常線が張られた。

警視庁捜査一課の十津川《とつがわ》警部と、亀井《かめい》刑事が、到着したのは、さらに、二十分たってからである。

犯人は、まだ、非常線に引っ掛っていなかった。

十津川は、浜田支店長、拳銃を突きつけられて脅された女子行員の花井千寿子《はないちずこ》たちから、犯人の特徴を聞いた。

銃口を、頬《ほお》のあたりに押しつけられたという千寿子は、まだ、蒼《あお》ざめた顔で、声もふるえていた。

「眼や鼻、口しか出ない覆面をしていたんで、顔は、わかりません」

と、彼女は、いった。

「プロレスラーがかぶっているようなものですね？」

「ええ。白い毛糸であんでありました」

「背恰好《かっこう》を教えて下さい」

「身長は一七〇センチくらいでしたわ。がっちりした体格で、グレーのコートを着てました。声からみて、中年の男の人だと思いましたけど」

「私も、中年だと思いましたよ」

と、浜田支店長が、口を添えた。

「声に、聞き覚えは？」

「ありません」

「ここには、監視カメラが備え付けてありますね」

十津川は、天井や、壁に付いているカメラを見廻《みまわ》した。

「全部で五台付いていますから、犯人も、ちゃんと、写したと思います。二秒ごとに、シャッターが切れることになっています」

浜田は、自慢そうに、いった。

「では、現像が出来次第、われわれに、見せて下さい」

「わかりました」

「犯人は、手袋をはめていましたか？」

亀井が、代ってきくと、千寿子が「はい」と、肯《うなず》いた。

「茶色の革手袋をはめていましたわ」

それでは、指紋から、犯人を割り出すことは、出来そうもない。

2

一時間経過した。が、犯人が、検問の網に引っ掛ったという報告は、聞けなかった。非常線が張られる前に、犯人は、近くにとめておいた車で逃走してしまったのかも知れない。

或《ある》いは、銀行から、地下鉄の浅草駅まで歩いて、五、六分の距離ということを考えれば、犯人は、地下鉄で、渋谷《しぶや》、新宿《しんじゅく》方面に逃走したということも考えられた。ただ、東武《とうぶ》線の浅草駅も、ほとんど同じ近さだから、東武線で、日光《にっこう》方面に、逃亡した可能性もある。

毛糸であんだ覆面と、拳銃は、銀行近くの路地で発見された。

拳銃は、改造拳銃だった。

恐らく、犯人は、銀行を出たあと、すぐ、この路地に飛び込み、覆面と、拳銃を捨てたのだろう。

「プロのやり方ですよ。行員の話でも、犯人は、落ち着いていたといいますし、素早く行動しています」

と、亀井は、舌打ちした。

二時間後に、銀行の監視カメラがとらえた犯人の写真が出来てきた。

二秒間に一枚の割り合いで、撮られた写真である。

犯人が、正面から撮られているものが、十枚あった。

十津川は、その十枚を、順番に並べてみた。

覆面をした犯人が、拳銃で、女子行員の花井千寿子を脅しているところ、ボストンバッグを投げているところ、それを抱えて、逃げるところなどが、連続して写っている。

十枚の写真を束ねて、ぱらぱらと、めくってみると、犯人が、ぎくしゃくした動きを見せた。齣数《こまかず》の少ないアニメの感じである。それでも、犯人の動きは、わかる。

十津川と一緒に、見ていた亀井が、急に、眼を光らせた。

「奴《やつ》ですよ。深見《ふかみ》次郎《じろう》ですよ。これは！」

と、大声を出した。

「そうだ。これは、深見だ」

十津川も、大きく肯いた。

顎《あご》を突き出すようなポーズ、右肩が少しあがっている恰好。背恰好も、前科三犯の深見次郎そっくりだと思った。

深見は、前に、郵便局を襲って、五百万円を強奪したことがある。確か、それで、五年間、刑務所に入っていて、最近、出所した筈《はず》だった。

ひょっとすると、長引きそうだと思われた事件だが、犯人が割れれば、簡単に片付くだろう。

深見の住所は、四谷《よつや》三丁目の青葉《あおば》荘というアパートになっている。

十津川と亀井は、すぐ、パトカーを飛ばした。

青葉荘というアパートは、簡単に見つかった。すでに、夕暮れが近づいていた。

新築のプレハブ二階建のアパートである。

（深見が犯人なら、もう、高飛びしているかも知れない）

　と、十津川は、思っていた。それでも、彼が犯人であることを、確認しなければならない。

　階下の郵便受けのところに、二〇九号室として、「深見」の名前が書いてあった。

「本名で、部屋を借りていますね」

　亀井が、意外そうな顔をした。

　二階にあがって行くと、二〇九号室のドアにも、「深見」と、あった。

　しかし、その下に、四角い紙が、貼《は》りつけてあって、次の文字が、書いてあった。

〈五日ほど留守にします。新聞は、その間、入れないで下さい。　深見〉

「逃げたかな？」

　と、十津川が、呟《つぶや》いた。

　亀井が、階下《した》から、管理人を呼んできた。
　五十五、六歳の小柄な男だった。
「深見さんなら、お出かけになっていますよ」

　と、管理人は、いった。

「いつ、どこへ出かけたのか、わかりませんか？」

十津川は、丁寧にきいた。

「お出かけになったのは、今朝です。三日ほど、留守にするので、よろしくと、いって。腰の低い、いい方ですよ」

管理人は、ニコニコ笑いながら、いった。

十津川は、苦笑した。

「何時頃だったか、わかりますか？」

「確か、十時頃でしたよ」

と、管理人はいう。

浅草のM銀行に強盗が入ったのは、午前十一時二十分頃である。

四谷三丁目から地下鉄に乗り、赤坂見附《あかさかみつけ》で乗りかえれば、浅草まで、四十分あれば、着けるだろう。ゆっくり間に合うのだ。

「今日、出かけるとき、どんな服装でした？」

「コートを着て、ボストンバッグを手に下げていましたね」

「ボストンバッグの色は？」

「茶色っぽかったと思いますよ」

それなら、銀行強盗に使われたものと、色は同じだ。

「コートの色はどうです？」

「赤と黒のチェックでしたね」

「グレーじゃなかったんですか？」

亀井が、口をはさんだ。

管理人は、「違いますよ」と、首を横に振った。

「赤と黒のチェックでした。ずいぶん派手なのを着るんだなと思いましたからね。深見さんは、もう四十二、三でしょう？」

「四十三です。行先は、いわなかったんですか？」

「ええ。聞いていません」

「じゃあ、カギを開けてくれませんか」

「深見さんが、どうかしたんですか？」

「いや、今のところ、何にもいえません」

と、十津川は、あいまいにいった。

管理人が、マスター・キーで、ドアを開けてくれた。

十津川と、亀井は、中に入ってみた。

二か月前に、出所したばかりということもあってか、調度品のほとんどない、がらんとした部屋だった。

六畳に三畳、台所とトイレはついているが風呂《ふろ》はない。

奥の六畳に、安物の机と、中古のテレビ、それだけである。

押入れを開けると、布団《ふとん》の類《たぐい》は、ひと通り揃《そろ》っていた。

机の引出しを開けてみたが、ボールペンが一本入っていただけである。

あと、部屋にあったのは、週刊誌が数冊と、古新聞だけだった。

「何もない部屋ですね」

亀井が、感心したようにいった。

「刑務所を出て、二か月では、こんなものだろう」

と、十津川はいい、念のために、管理人にきいてみると、やはり、刑務所を出て、すぐ、このアパートを借りたようだった。

「深見が犯人だとしたら、もう、ここには帰って来ないんじゃありませんか？　一千万円という大金を手に入れたんですから、悠々《ゆうゆう》と温泉めぐりでもする気でいるんじゃないでしょうか」

「そうだな。この部屋のものを、全部合せたって、二、三万円ぐらいだろう。それなら、わざわざ、取りに戻って来る筈もない」

「警部も、深見を犯人だと思われますか？」

「多分ね。コートは違っているが、これは、恐らく、リバーシブルで、裏、表の両面が使えるやつだと思う」

「同感ですね」

二人の意見は一致した。

深見が犯人なら、この安アパートに戻って来ることは、まずないだろう。

それでも、念のために、日下《くさか》、西本《にしもと》の二人の若い刑事に、張り込ませることにして、十津川たちは、引き揚げた。

3

事件は、夕刊に、でかでかとのった。

警察は、Ｆを容疑者と見ていると書いてあったが、もちろん、まだ、深見という名前はのせていない。

深見の両親は、九州《きゅうしゅう》の熊本で、まだ、健在である。そちらにも、熊本県警に頼んで、調べて貰《もら》うことにした。

二日目になっても、これという収穫はなかった。

深見次郎の行方は、いぜんとしてわからず、熊本の両親のところにも、立ち寄った形跡はなかった。

もちろん、深見次郎以外の人間が犯人だという可能性もあるので、銀行周辺の聞き込みも、続けられた。

ボストンバッグを下げた中年の男が、あわてて、タクシーを拾って、走り去ったという目撃者も現われたり、東武線に乗るのを見たという証言もあったりしたが、いずれも、信頼性の弱いものだった。

三日目の夜になって、青葉荘アパートを見張っていた日下刑事から、捜査本部の置かれた浅草署に連絡が入った。

「今、深見次郎が、アパートに帰って来ました」

「本当か？」

十津川は、意外な気がして、確かめた。

深見が犯人だとしたら、二度と、戻っては来ないだろうと、思っていたからである。

舞い戻るメリットが、全くないように思えるからだった。

「間違いなく、深見です。今、二階の自分の部屋に入りました。どうしますか？」

「とりあえず、こちらへ連れて来てくれ。逃げるようだったら、手錠《てじょう》をかけても構わん」

と、いった。

亀井も、深見が戻ったと聞いて、信じられないという顔をした。

「わかりませんねえ。わざわざ、捕まりに戻ったようなものですからね」

「カメさんは、深見が、なぜ、戻って来たと思うかね？」

「そうですねえ。無実だから、平気で帰って来たのか、それとも、捕まらないだろうと、タカをくくっているのかのどちらかでしょうが、わかりません」

亀井は、肩をすくめた。

「いずれにしろ、深見に会えば、わかるだろう」

と、十津川は、いった。

一時間ほどして、深見次郎が、連れて来られた。

茶色のボストンバッグを下げ、赤と黒のチェックのコートを着ている。

深見は、十津川に向って、小さく首を振った。

「何の真似《まね》だい？　これは」

「ちょっと君に、ききたいことがあって、来て貰ったんだ」

「いったい、何をききたいんだ？」

深見は、用心深い眼になって、十津川を見つめた。

「どこへ行ってたんだ？　この三日間」

「長野だよ。善光寺《ぜんこうじ》にも、お参りしてきた。それがいけないのかい？」

「君は、十月三十日の土曜日の朝、出かけているね？」

「ああ、そうだ」

「上野《うえの》から、まっすぐ、長野へ行ったのか？」

「そうだよ」

「あの日、浅草へ行かなかったかね？」

「長野へ行こうとしているのに、浅草でおりたって、仕方がないじゃないか」

深見は、笑った。

「長野では、何という旅館に泊ったんだ？」

と、横から、亀井が、きいた。

「長野市内の大和旅館だ。嘘《うそ》だと思うなら、問い合せてくれてもいい。十月三十日から、今日まで、そこに泊っていた。小ぢんまりした旅館だが、それだけ、サービスも濃《こま》やかでね。おれは、気に入ったよ」

「長野へは、上野から、列車かね？　それとも、車で行ったのかね？」

十津川が、きくと、深見は、ニヤッと笑った。

「おれが、免許証を持っていないのは、わかっているだろう。上野から、特急で、長野へ行ったんだ」

「何という列車だね？」

「午前一一時上野発の『あさま9号』だ」

「間違いないね？」

「ああ、間違いないとも」

深見は、大きな声を出した。

（本当だろうか？）

もし、それが事実なら、深見は、犯人ではあり得なくなる。

浅草雷門のＭ銀行が襲われたのは、同じ日の午前十一時二十分頃である。これは、銀行の支店長や、行員たちが証言しているから、間違いないだろう。一方、深見が事実をいっているとしたら、その時刻には、彼は、「あさま」の車中にいるのだから、銀行強盗は、不可能である。

念のために、十津川は、時刻表で「あさま」を、調べてみた。

Ｌ特急「あさま」は、一時間に一本の割合で、信越《しんえつ》本線を走っている。

「あさま９号」のダイヤは、次の通りである。

あさま９号(直江津行)

上野		発	11.00
大宮		発	11.26
高崎		発	12.18
横川		発	12.47
軽井沢		着	13.05
		発	13.08
小諸		発	13.28
上田		発	13.44
戸倉		発	13.57
長野		着	14.14
		発	14.17
直江津		着	15.32

M銀行浅草支店が、襲われたのは、十一時二十分だから、「あさま9号」は、丁度、大宮《おおみや》の手前を走っている時刻である。深見が、その列車に乗っていたとすれば、それは、完全なアリバイ成立である。

「君が、この列車に乗っていたという証拠はあるのかね？」

十津川が、きくと、深見は、当惑した顔をして、

「証拠なんていわれても困るな。切符は、渡しちゃってるし、あとで、乗ったことを証明しなければならないなんて思わずに、乗っているからね」

十津川は、一応、長野の「大和旅館」に電話してみることにした。

向うの電話口に出たのは、大和旅館の女将《おかみ》さんだった。

十津川の質問に対して、十月三十日には、深見次郎という客が泊ったといった。

「おいでになったのは、午後の五時頃でした。ええ、お一人で、いらっしゃいました」

「その男の人相をいってくれませんか？」

「眉毛《まゆげ》の太い、鼻の大きな方だったですわ。背の高さは、一七三センチぐらいでしょうか。赤と黒のチェックのコートを着て、ボストンバッグを下げていらっしゃいました」

「何日泊ったんですか？」

「二日お泊りになって、今日、お帰りになりました。何か、こちらが、不都合なことでも致しましたでしょうか？」

「いや、そういうことじゃありません。ところで、彼は、前もって、予約してあったんですか？」

「ええ。二十九日にお電話を下さいました。何でも、時刻表で見たが、明日、あいているかというおたずねでしたわ。それで、何時頃おいでですかと、おききしましたら、三十日の午後、一人で行くからということでした」

「そちらに泊ってから、何かおかしい様子はありませんでしたか？」

「いいえ。別に」

「三十一日の日曜日は、彼は、どこにいましたか？」

「朝食をめしあがってから、戸隠《とがくし》高原に行かれたようですよ。どう行ったらいいか、お訊《たず》ねでしたから」

「彼のところへ、誰かが訪ねて来たというようなことは、ありませんでしたか？」

「いいえ、ありませんでしたわ」

「そうですか――」

十津川は、軽い失望を感じながら、電話を切った。

深見が、本当に、長野に行っていたことに失望したわけではなかった。

十津川が、考えたのは、奪われた一千万円の行方だった。

深見が犯人だとしたら、一千万円は、どこへ行ったのだろうか？

長野での二泊三日の間に、一千万円を使い切ったとは思えなかった。そんなことをすれば、目立って仕方がないからだ。

深見が、帰京して、アパートに戻ったところを、日下と西本の二人が、捕えて、連行したが、彼の持っていたボストンバッグの中に、一千万円はなかった。入っていたのは、カメラや、下着、洗面道具だけである。アパートの部屋にも、一千万円は、なかった。

そんなことを考えて、十津川は、深見が、長野で、誰かと待ち合せて、一千万円を渡したのではないかと思ったのである。

だが、誰も、旅館には、訪ねて来なかったという。

（彼が、犯人だとすると、一千万円は、どこへかくしたのか？）

4

「三十日に、君が、長野へ行ったことだけは確認できたよ」

と、十津川は、深見にいった。

「当り前だよ。おれは、あの日、長野へ行ったんだから」

「しかし、『あさま9号』に乗ったという証拠にはならん。この列車が、長野に着くのは、一四時一四分だ。それなのに、旅館に入ったのは、午後五時頃だったと、向うではいっている」

「その間に、善光寺へ行ったんですよ。陽が暮れてからだと嫌なんでね」

「それじゃあ、『あさま9号』に乗ったということにはならんな。いいかね。上野を一二時丁度に発車する『あさま13号』がある。これに乗っても、長野には、一五時一二分に着く。ゆっくり、午後五時には、旅館へ入れるんだ。上野発一二時なら、浅草のM銀行に十一時二十分に強盗に入ってからでも、乗れるからな。浅草から上野まで、地下鉄で五分しかかからないからね」

「おれは、上野一一時丁度に発車した『あさま9号』に乗ったんだ」

「じゃあ、それを、証明して見せろ！」

横から、亀井が、怒鳴った。

深見は、じっと考え込んでいたが、

「おれが撮った写真を、現像してみてくれないか。長野でも撮ったが、上野から乗った『あさま9号』の写真を、何枚か撮っているんだ。それを見てくれたら、何とか、わかるかも知れないよ」

十津川はすぐ、深見のカメラに入っていた三十六枚撮りのフィルムを、現像し、引き伸してみた。

写してあったのは、そのうちの二十五枚である。

確かに、長野での写真が多い。善光寺や、戸隠高原の景色である。

しかし、七枚は、L特急「あさま」を写してあった。

「これを見てくれよ」

と、深見は、上野駅のホームで、写した写真を、十津川に示した。

「あさま」というヘッドマークのついた先頭車の前に、深見が立っている。

「丁度、駅員が来たんで、写して貰ったんだ。右隅のところに、ホームの時計が写っているだろう。ちゃんと、午前十時五十七分を指している。だから、この『あさま』

は、一一時発の『あさま9号』なんだよ」

「わかるよ。別に、この写真に写っているのが、『あさま9号』じゃないといっていない」

「それなら、おれのアリバイは、成立したじゃないか。おれは、この『あさま9号』で、長野へ行ったんだ。浅草のM銀行強盗があった時には、おれは、『あさま9号』に乗って、大宮の近くを走っていたんだ」

「簡単には、そういい切れんな」

「なぜなんだ？」

「上野と浅草の間は、地下鉄で、五分しかかからないんだよ。切符を買ったり、階段をあがったりする時間を入れても、十分あれば大丈夫だ。四谷三丁目のアパートを出た君は、まず、上野駅に行った。そこで、『あさま9号』の前で、駅員に写真を撮って貰う。君のいう通り、それが、午前十時五十七分だ。そのあと、また、地下鉄に乗って、浅草に出て、M銀行を襲う。時間的に、ゆっくり間に合うじゃないか。まんまと、一千万円を手に入れたあと、君は、再び、上野駅に出て『あさま13号』に乗ったんだ」

　十津川がいうと、深見は、大きく肩をすくめて、

「刑事って奴は、どこまで疑ぐり深いんだ！」

「世の中には、悪党が多いからな。とにかく、こんな写真じゃあ、アリバイにはならんよ」

「でも、おれは、三十日に、上野から『あさま9号』に乗って、長野へ行ったんだ」

「証明できなければ、どうにもならんな」

「待ってくれ。この写真が、証明してくれるかも知れない」

深見は、もう一枚の写真を、十津川と亀井に、指さした。

「これは、横川《よこかわ》の駅で撮ったんだ。駅弁の釜《かま》めしで有名な横川駅だよ。横川と、次の軽井沢《かるいざわ》の間に、碓氷峠《うすいとうげ》があって、すごい急坂を登らなければならないんだ。それで、横川で、電気機関車を二両連結して、その後押しで登って行く。この写真は、横川で、後押し用の電気機関車の連結作業をしているところを撮ったんだ。面白かったからね」

写真には、「あさま」の先頭部分と、電気機関車が、四メートルほど離れて、写っている。作業服姿の作業員が二人、電気機関車の連結器を調整している。

深見は、そんな作業風景をバックに、ホームに立っているところが、写っていた。

「ホームにいた女の子に、撮って貰ったんだ。この右側に頭の部分だけ写っているのは、『あさま9号』だよ。これで、おれが、『あさま9号』に乗って、横川まで行ったことは証明されたろう？　『あさま9号』の横川着は、一二時四三分だから、銀行強盗は、とうてい、おれには、出来ないんだ」

深見が、勝ち誇ったようにいった。

十津川は、じっと、写真を見ていたが、

「駄目だな」

「どこが、駄目なんだ？」

「確かに、ここに写っているのは、Ｌ特急の『あさま』だろう。それに、これは、横川駅での作業だろう。しかし、横川と軽井沢の間は、全ての列車が、電気機関車を連結して、登って行くんだ。だから、この写真の『あさま』が、９号とは限らない。13号かも知れないし、15号かもしれない。この右側に写っているのが、『あさま９号』だという証拠は、どこにもないじゃないか」

「畜生！」

と、深見は、舌打ちして、じっと、写真を見ていたが、急に、「そうだ！」と、大きな声を出した。

「この電気機関車に、ナンバーがついているのが見えるだろう。ＥＦ６３２１だ。横川駅に電話して十月三十日に、このＥＦ６３２１号車が、『あさま９号』の後押しをして、軽井沢まで行ったかどうか、聞いてみてくれ。そうすれば、おれのいってることが本当だと、わかる筈だ。頼むよ」

5

十津川と、亀井は、一応、深見を留置して、横川駅に、問い合せてみることにした。

「往生際の悪い男ですね」

亀井が、舌打ちした。

「深見だって、必死なのさ。前科があるからね」

十津川は、笑いながら、受話器を取った。

問題の写真を前において、横川の駅に電話をかけた。

十津川は、横川の駅におりたことはない。

ただ、有名な駅弁の釜めしを買ったことはあった。

碓氷峠を越えるために、横川で、電気機関車二両を連結する、その作業のために、この小さな駅に、四分間停車するので、釜めしが買えるのだ。

山田《やまだ》という助役が、出てくれた。

「碓氷峠越えのために、横川で連結する電気機関車のことで、お聞きしたいんです」

と、十津川は、切り出した。

「どういうことでしょうか？」

山田助役の声が、緊張しているのは、こちらが、捜査一課といったからだろう。

「ＥＦ63形という電気機関車が、使われているわけですね？」

「そうです。このＥＦ63形というのは、横川―軽井沢間のためにだけ開発された機関車で、横川駅に、二十五両が待機しています」

「そんなに沢山ですか」

十津川が、驚くと、山田助役は、笑って、

「碓氷峠越えをする全ての列車に、重連で、連結しなければなりませんからね。二十五両でも、少ないくらいですよ」

「その電気機関車には、ナンバーがついていますね？」

「ええ」

「十月三十日の下りの『あさま９号』を、後押しした機関車のナンバーを調べてくれませんか」

「ちょっと待って下さい。今、運転日誌を調べますから」

電話の向うで、山田が、何かいっているのが聞こえ、二、三分して、

「ええと、十月三十日の『あさま９号』は、ＥＦ６３２１と、ＥＦ６３０８の二両で、後押ししていますね」

「それ、間違いありませんか？」

「ええ。この日は、ＥＦ６３２１と、ＥＦ６３０８が、セットで、作業しています。この重連が、『あさま9号』を、後押ししていますね」

「このＥＦ６３２１ですが、『あさま9号』以外の列車の後押しもしたんじゃありませんか？　例えば、『あさま13号』なんかもです」

「ちょっと待って下さいよ。ＥＦ６３２１とＥＦ６３０８のコンビが、下りで、碓氷峠越えを助けた列車は、午前中二本、午後二本です。それをいいます」

「ゆっくりいって下さい。メモしますから」

十津川は、ボールペンを手にとった。

山田助役が、あげてくれた列車は、次の四本だった。

あさま3号（上野→長野）
白山《はくさん》1号（上野→金沢《かなざわ》）
あさま9号（上野→直江津《なおえつ》）
白山3号（上野→金沢）

いずれも、L特急である。

「これだけですか？」

「そうです」

「『あさま11号』『13号』『15号』は、後押ししなかったんですか？」

「していません」

「どうも、お手数をおかけしました」

十津川は、礼をいって、電話を切ったが、その顔には、明らかに、戸惑いの色があった。

深見は、午前一一時上野発の「あさま9号」で長野へ行ったというが、彼が、犯人なら、絶対に、あり得ないことである。

もっと後《あと》の「あさま」で、長野へ行ったに違いない。

「あさま9号」の三十分後に、「あさま11号」が上野を出るが、浅草で、銀行強盗を働いてから、上野へ行くまで、十分間の余裕しかなかった。時間的に、ぎりぎりだから、一二時〇〇分と、一三時〇〇分に、上野を出る「あさま13号」か「あさま15号」を使ったと、十津川は、考えた。

しかし、横川での写真では、「あさま9号」になってしまう。

「参ったね」

と、十津川は、亀井に向って、溜息《ためいき》をついた。

「十月三十日ではなくて、前日か、前々日にでも、撮っておいたものじゃありませんか？」

亀井が、疑問を投げかけた。

「それは、違うよ。深見は、刑務所を出たばかりで、横川駅の駅員に、知り合いがいたとも思えない。前もって、この写真をとることは出来るが、十月三十日の『あさま9号』を後押しする電気機関車が、ＥＦ６３２１かどうかわからないんじゃないか？二十五両もあるというんだから」

「そうですね」

亀井も、当惑した顔になった。

「すると、この写真がある限り、深見は、無罪ということになってしまうわけですか？」

「そうだ。『あさま9号』が、横川駅に停車している時、深見は、その傍にいたわけだからね」

「畜生。彼がシロの筈がありませんよ」

「私も、そう思うが、この写真は、絶対だよ」

「写真一枚で、奴が、シロになるのは、残念ですねえ」

亀井は、その写真を手に取って、じっと、見ていたが、

「警部。ここに写っている列車は、本当に、『あさま9号』でしょうか？」

「違うと思うのか？」

「だいだい色の車体に、赤い線が入っていますから、確かに、特急用の電車だと思います。しかし、斜めうしろの方から撮っているから、『あさま』のヘッドマークは見えません。だから、これは、『あさま』じゃなくて、同じL特急の『白山』かも知れないじゃありませんか。もっといえば、『白山３号』かも知れません。『白山３号』なら、十月三十日にＥＦ６３２１が、後押しして、碓氷峠を越えたわけで、ぴったり符合しますよ」

「カメさんのいう通りだ」

十津川は、時刻表を見た。

白山３号（金沢行）

上野	発	14.00
大宮	発	14.26
高崎	発	15.18
横川	発	15.46
軽井沢	着	16.04
	発	16.07
長野	着	17.09
		↓
金沢	着	20.46

ていたが」

「長野着が、午後五時を過ぎてしまうな。大和旅館では、五時に、深見が来たといっ

「過ぎるといっても、たったの九分です。大和旅館にしても、五時きっかりに、深見が来たとはいっていないんでしょう？　五時十五、六分に来たのかも知れませんよ」

「それは、あるね。善光寺の写真は、翌日、撮ればいいんだからな」

「そうです」

「問題は、『あさま』と、『白山』が、同じ車両を使っているかどうかだね」

時刻表にのっている列車編成図によれば、「あさま」は、十二両編成で、グリーン車二両がついているが、食堂車はない。「白山」の方は、同じ十二両編成で、グリーン車は一両だけで、その代りに、食堂車がついている。

しかし、時刻表の列車編成図には、車両形式は、書いてない。

それに、深見の撮った写真に写っているのは、列車全体ではなくて、運転台のある先頭車（或いは、最後尾の車両）だけである。

十津川と、亀井は、国鉄の車両の写真がのっている本や雑誌を買い集めてきた。

それで調べた結果、「あさま」に使われているのは、１８９系とよばれる特急用車両であり、「白山」の方は、４８９系特急用車両とわかった。

１８９系は、非貫通式の一種類しかないが、４８９系は、ボンネット式、貫通式、

非貫通式の三種類がある。

現在、「白山」に使われているのは、一番新しい非貫通式の４８９系車両である。

十津川と、亀井は、この二つの車両の写真を比べてみた。

「そっくりじゃありませんか」

亀井は、嬉《うれ》しそうにいった。

「確かに、よく似ている」

「角張った前面といい、だいだい色の車体に赤い横の線が入っているところといい、全く同じですよ。だから、深見の写真に写っているのは、『あさま9号』じゃなくて、『白山3号』なんです。深見は、浅草のM銀行を襲ったあと、上野へ逃げ、一四時丁度に発車する『白山3号』で、長野へ向ったんです。それで、奴のアリバイが崩れたじゃありませんか」

これで決ったといいたげに、亀井が、ニッコリした。

だが、十津川は、難しい顔で、

「カメさん。確かに１８９系と４８９系は、そっくりだが、よく見ると、違っているところもあるよ」

「そうですか？」

「一番違うところは、運転台の屋根のところだ。１８９系は、何もつけていないが、

４８９系は、前照灯がついている。ところで、深見の写真だが、運転台の屋根に、前照灯はついていないんだ。ということは、１８９系の電車だということになる。残念ながら、ここに写っているのは、『白山3号』ではなく、『あさま9号』なんだ。彼のアリバイは、これで成立だよ」

6

深見は、「あさま9号」に乗っていたことになった。

少なくとも、横川で、碓氷峠越えのために、ＥＦ63形電気機関車を連結する作業をしている時、深見は、「あさま9号」の傍にいたのだ。

この連結作業のため、列車は、横川に四分間停車する。

「あさま9号」は、一二時四三分から、四分間、横川に停車し、一二時四七分に発車している。

この時刻に、横川にいた深見が、十一時二十分に、浅草のＭ銀行を襲えたかということになってくる。

上野から、「あさま9号」に乗れないことは、はっきりしている。一一時〇〇分発だからである。

「途中から、『あさま9号』に乗ったに違いありません」

と、亀井は、いった。

深見が犯人だとすると、そう考えるより仕方がないのだ。

午前十一時二十分に、浅草にいた人間が、横川までの間に、「あさま9号」に追いつけるだろうか？

まず、車を利用してということが考えられる。

「あさま9号」のスピードは、平均六十七・九キロである。

しかも、犯人が、浅草のM銀行に押し入る二十分前に、「あさま9号」は、上野を発車している。

上野から、横川まで、百三十一・二キロである。「あさま9号」は、一時間四十三分で走っている。

犯人が、横川で、追い付くためには、この距離を、一時間二十分程で走らなければならない。とすると、時速九十六キロで突っ走らなければならないのだ。

深見は、運転免許も持っていないし、出所後、車を買った形跡もない。

タクシーに乗ったとすると、時速九十六キロで、走らせるのは、まず無理だろう。

車で追ったという線は、まず消えた。

新幹線は、まだ開業していない。

「これで、お手あげだねえ」

十津川は、時刻表を、机の上に投げ出して、両手をあげて見せた。

「しかし、深見以外に、犯人がいるとは思えませんが――」

亀井は、口惜しそうにいった。

「私も、そう思うが、確かなアリバイがある以上、手も、足も出ないよ」

「じゃあ、釈放ですか？」

「仕方がないね。この写真一枚で、彼を起訴しても、勝ち目はないよ」

十津川は、苦い笑い方をして、深見に、帰って貰うことにした。

だが、日下と西本の二人には、しばらくの間、深見を、監視させることにした。どうしても、彼以外に、犯人は、考えられなかったからである。

銀行の監視カメラがとらえた犯人は、どう見ても、深見なのだ。

アリバイは、破れないが、一千万円の線から、深見は、ボロを出すかも知れない。

二人の刑事をつけた狙《ねら》いは、その点もあった。

釈放された深見は、自分のアパートに戻ったが、なかなか、動き出さなかった。

一千万円が、アパートの部屋にないことは、はっきりしている。とすれば、誰かに預けたか、或いは、どこかにかくした筈である。

しかし、いっこうに、一千万円を取りに行く気配は見せなかった。パチンコに出かけるか、喫茶店で、ゆっくり、コーヒーを飲んだりしているだけである。

三日、四日とたったが、深見は、動こうとしない。

マスコミは、警察が、銀行強盗事件を解決できずにいることを、叩《たた》き始めた。

「カメさん。一緒に、旅行してみないかね」

十津川が、突然、いい出したのは、そんな時である。

亀井は、微笑した。

「上野から、『あさま9号』に乗ってですか？」

「ああ。長野の善光寺へお参りしたら、何かいい知恵がさずかるんじゃないかと思ってね」

二人は、浅草署から地下鉄で、上野に出た。

十月三十日、事件が発生してから丁度一週間たっていて、今日も、土曜日である。

午前一一時〇〇分に、十津川と亀井を乗せた「あさま9号」は、長野に向って、出発した。

車内は、八十パーセントぐらいの乗車率である。食堂車はついていないが、その代り、車内販売が、よく廻ってくる。

二人は、高崎《たかさき》近くで、コーヒーを買った。

そのコーヒーを飲んでいるうちに、「あさま9号」は、問題の横川駅に着いた。

ここで、四分間停車である。

乗客は、名物の釜めしを買うために、ホームに降りて行く。

売り子が、釜めしを売っている。飛ぶような売れ行きである。

十津川と亀井は、ホームに降りた。

二人は、最後尾の車両に向って、ホームを歩いて行った。

重連の電気機関車を、最後尾に連結するための作業が、もう始まっていた。

深見が撮った写真と同じである。

二人の作業員が、連結のための準備をしている。

それが、面白いのか、五、六人の少年たちが、ぱちぱちと、カメラのシャッターを切っていた。深見のように、機関車の横に立って、友だちに写して貰っている少年もいる。

今日、「あさま9号」に連結される機関車は、EF63 14のナンバーで、6321ではなかった。

二両の電気機関車は、「あさま9号」の最後尾に連結された。

間もなく、発車するだろう。

「われわれも、乗って行こう」

と、十津川はいい、急いで、列車に乗り込んだ。

横川から、次の軽井沢駅までは、わずか、十一・二キロだが、碓氷峠を越えるために、千分の六十六という急勾配《きゅうこうばい》を登らなければならない。高低差は、九四〇メートルである。

昔、この区間には、アプト式ラックレール（歯軌条）が敷かれていた。歯型の切込みのあるレールで、これに、機関車の歯車を嚙《か》み合せて登っていく方式である。

急勾配でも、安全に登れたが、この方式では、時速十八キロが、せいぜいである。

昭和三十八年五月に、新しい線路が完成した。ＥＦ63形と呼ばれる横川―軽井沢間だけの専用機関車が配属され、この機関車に後押しされて、急勾配を登るようになった。

このため、この区間の時速は、三十キロまで出るようになったといわれている。

二重連の電気機関車のエンジンが、低く唸《うな》り声をあげて、「あさま9号」は、走り始めた。

窓から見ると、前方に、この列車の名前のもとになった浅間《あさま》山が、女性的な姿を見せている。

登りが急になるにつれて、トンネルが多くなってくる。上りと下りは、別のトンネルである。

全部で、十以上のトンネルをくぐり抜けて、やっと、線路は、平坦《へいたん》になった。山を登り切ったという感じがしたと思ったら、軽井沢の駅であった。

ここで、連結してきたEF63形機関車を切り放し、身軽になって、長野に向うわけである。

切放し作業のために、軽井沢で、「あさま9号」は、三分間停車する。

十津川たちは、長野までの切符を買ってあったが、発車間際になって、十津川が、急に、

「降りよう」

と、いった。

「長野まで行かれるんじゃないんですか？」

亀井が、びっくりして、きく。

だが、十津川は、どんどん、通路を歩き出していた。亀井も、あわてて、そのあとに続いた。

二人が、ホームに飛び降りてすぐ、ドアが閉って、重連の電気機関車を切り放した「あさま9号」は、発車して行った。

三分間停車だったので、軽井沢で降りる乗客は、もう、ホームから消えてしまっている。

ホームには、十津川と亀井の二人だけが、取り残されてしまった。

「どうして、急に、軽井沢で降りられたんですか？」

亀井が、不審そうにきいた。

十津川は、「まあ、座ろうじゃないか」と、ホームのベンチに腰を下ろしてから、

「時刻表を見ていて、気がついたんだ。急勾配を登ってきた列車は、ここに、三分間停車する。電気機関車を切り放すためだ。普通なら、一分停車だろうからね」

「そうですね」

「ところで、長野方面からやってくる上り列車だがね、時刻表を見ると、軽井沢で、六分停車しているんだよ。例えば、『あさま10号』は、一三時一九分に、軽井沢に着くが、上野に向って、出発するのは、一三時二五分で、その間、六分間あるんだ。『あさま10号』だけじゃない。一二時一九分に着く『白山2号』も、発車は、一二時二五分で、六分停車することになっている。なぜ、六分間も停車しているのか考えたんだが、理由は、一つしか考えられない。それは、軽井沢で、上りの列車にも、ＥＦ63形機関車を連結させているからじゃないのかということだ。そのために、六分間の停車が、必要なんだ」

「しかし、警部、下りの列車は、横川から、軽井沢に向って、急勾配を登るんですから、電気機関車二両を連結して、後押しする必要がありますが、上り列車は、逆に、坂を下って行くわけですよ。なぜ、後押し用の機関車を、連結しなければいけないん

ですか？」

「理屈としては、そうだが、上り列車は、何もないのなら、六分間の停車時間というのは奇妙だよ」

十津川は、亀井と一緒に、その理由を聞きに、駅舎を訪ねた。

会ってくれたのは、青木《あおき》という駅長だった。

「そのことですか」

と、青木は、笑って、

「警部さんのいわれる通り、上りの列車にも、EF63形電気機関車を二両、連結して、横川に向います。六分間というのは、そのための停車時間ということになります」

「しかし、坂を下るのに、なぜ、後押しが必要なんですか？」

亀井が、首をかしげてきくと、青木は、手を振って、

「後押しのためじゃありません。勾配が、急すぎるので、上り列車の前に、EF63形を二両連結して、ブレーキを利かせて、ゆっくり、走って行くわけです。碓氷峠の急勾配では、登りよりも、むしろ、下りの方が、困難でしてね。そのために、あのEF63形電気機関車には、ブレーキ制動が、いくつも備えてあります。名前だけをあげますと、発電ブレーキ、電磁吸着ブレーキ、空気ブレーキ、手動ブレーキなどです。その他に、転動防止装置とか、過速度探知装置といった危険防止のための設備を持って

います。一つずつ、詳しく、説明しますか？」

青木駅長が、親切にいってくれた。

十津川は、笑って、手を振った。

「だいたいの意味がわかりましたから結構です。上りの列車が、碓氷峠を下るときには、列車の前部に、登りと同じように、二重連の機関車を連結することがわかれば、それでいいんです」

「それが、事件に関係あるというのが、よくわかりませんが」

駅長は、変な顔をした。

「いや、この信越本線で事件があったわけじゃないのです。東京で強盗事件が起きまして、その容疑者のアリバイが、ここを走る列車に関係しているんですよ。詳しくお話しないと、よくわからないと思いますが」

「何となくわかりますよ」

と、駅長は、さっきの十津川のようなことを、いった。

「問題は、横川から、この軽井沢へ、列車を押して来た二両の電気機関車です。ＥＦ63形の基地は、下の横川でしたね？」

十津川がきいた。

「そうです。横川に基地があって、そこに、二十五両のＥＦ63形が待機しているわけです」

「すると、横川で、下りの列車の後尾に連結して、ここまで後押しして来た重連の電気機関車は、この軽井沢には基地がないから、そのまま、次に来る上りの列車に連結して、今度は、横川まで下りて行くことになりますな?」

「そうですね。今、丁度上りの列車が着いたので、これから、EF63形を、前部に連結する作業が行われます」

青木駅長は、窓の外を指さした。

丁度、上りの「あさま10号」が、ホームに入って来た。

一三時一九分軽井沢着である。ここに、六分間停車する。

十津川と亀井が、ホームに出てみると、さっき、「あさま9号」を後押しして来た重連のEF63形電気機関車を、「あさま10号」の前部に連結する作業が始まった。

横川から軽井沢まで、十二両連結の「あさま9号」を後押しして登って来たEF63形が、今度は、ブレーキ役をして、横川まで、急勾配を、下りて行くのである。

十津川たちが、じっと、その作業を見守っていると、青木駅長が、駅舎から出て来た。

「このEF63形は、どんな形の電車とも連結できるように出来ています。この碓氷峠では、普通も、急行も、特急も、EF63形の厄介になりますからね」

と、駅長が、横からいった。

「なるほど、それだけ、いろいろな機構を持った機関車ということですね」

亀井が、感心したようにいった。が、十津川は、駅長の説明が聞こえなかったみたいに、じっと、連結作業を見つめていた。

連結作業が、終った。

一三時二五分になって、発車を知らせるベルが鳴った時、急に、十津川が、

「乗ろう」

と、いった。

二人は、急いで、上りの「あさま10号」に飛び乗った。

「長野へは、行かれないんですか？」

走り出した列車の中で、亀井が、きいた。

「あとで、行くことになるかも知れないが、今は、深見のアリバイ・トリックを破りたいんだよ。どんなトリックかはわかった。その確認をしたいんだ」

十津川が、微笑して見せた。

「本当にわかったんですか？」

「今、その証明をするよ」

7

二人は、空いている座席に腰を下ろした。

二両のＥＦ63形電気機関車にガードされた「あさま10号」は、ブレーキをかけながら、碓氷峠を下りて行く。

「深見は、前に、信越本線で、長野方面に行ったことがあるんだと思う。出所して来てから、銀行強盗を思い立ち、そのアリバイに利用することを考えたんだ。もちろん、二、三日前に、一度、実際に乗ってみたろうがね」

十津川は、窓の外の景色に眼をやりながら、亀井にいった。

列車は、いくつかのトンネルをくぐりながら、碓氷峠の急勾配を下りて行く。

「そのトリックというのは、横川と軽井沢間に使用されているＥＦ63形電気機関車を利用するということですね？」

亀井が、確認するようにきいた。

「そうだ。それに、Ｌ特急『あさま』の列車編成だよ。１８９形の電車が使われている『あさま』は、前後に、運転台のついているクハ１８９という車両がつく。つまり、前も後も、形が同じということで、それも、深見は利用したんだ。

『あさま』全体を見ると、パンタグラフのある車両が、2号車、4号車、8号車、10号車で、前後が、全く対称的でないが、先頭の車両、それも、半分だけを写したときには、それが、1号車か、12号車かわからない。それを、深見は、利用したのさ」

十津川は、喋《しゃべ》りながら、警察手帳を出し、そこに、L特急「あさま」の編成図を書いて見せた。

「まだよく、呑《の》み込めませんが――」

亀井が、すまなそうにいった。

「わかりやすいように、横川に待機している二重連のＥＦ63形を、６３０１と、６３０２の二両とする。この二重連が、まず、下り列車の最後尾に連結されて、碓氷峠を登って、軽井沢へ行き、そこで、解放される」

十津川は、その図を書いた。

「軽井沢で、用をすませた６３０１と６３０２は、今度は、上り列車の最前部に連結

されて、横川へ下ってくる」

「ここで、注目したいのは、全体の列車の形が、全く同じだということだ。停《とま》っていたら、それが、上りの列車か、下りの列車か、わからないところに、深見は、眼をつけたんだよ。それから、ＥＦ63形の基地が、横川にあることも、深見のつけ目だった。下りの列車を押して行ったＥＦ63形は、軽井沢で待っていて、次に来る上り列車の最前部に連結して、また、横川へ戻って来ることになるからだ」

「少しずつ、わかって来ました」

と、亀井がいう。

十津川は、微笑した。

「次に時刻表を見てみよう。問題の『あさま9号』が、軽井沢に着くのが、一三時〇五分。『あさま9号』を押して来たＥＦ63形を、６３０１と６３０２とすると、この二両の電気機関車は、一三時〇五分から、『あさま9号』が軽井沢から発車する一三時〇八分の間に、解放されるわけだ。解放された６３０１と６３０２は、軽井沢に待機していて、次に到着する上り列車に連結され、横川に戻って行くことになる。時刻表によれば、次に来る上り列車は、一三時一九分軽井沢着の『あさま10号』だ。その前に着く『白山２号』は一二時一九分着だから、６３０１と６３０２は、間に合わない。ここが大事なところだよ。『あさま９号』を後押しして行った６３０１と６３０２は、同じ１８９形の『あさま10号』を引っ張って、横川に戻ってくるということだよ。写真にとったとき、『あさま９号』も『あさま10号』も、同じに見えるんだ」

「つまり、逆にいえば、『あさま10号』を引っ張って、というより、ガードして、横川に来た６３０１と６３０２は、『あさま９号』を押して行ったＥＦ63形電気機関車だということになるわけですね」

「そうなんだ。カメさん。深見は、そのことを利用して、アリバイを作ったんだよ。深見が、事件の日にやったことは、こういうことだと思う。彼は、『あさま９号』に上野から乗って、長野へ行ったというが、これは嘘だ。午前一一時丁度に出る『あさま９号』に乗ったのでは、十一時二十分に、浅草の銀行を襲えない。だから、深見は、朝、四谷三丁目のアパートを出ると、まず、上野へ行き、『あさま９号』の前で、写真を撮った。これが十時五十五分か五十六分頃だろう。それから、地下鉄で、浅草へ向った。十分もあれば着く。十一時二十分に、浅草のＭ銀行に押入り、一千万円を強奪した。鮮やかな手口だったから、五、六分ですんだと思う。路地に、変装用のマスクと、改造拳銃を捨ててから、地下鉄で、再び、上野へ向った。上野に着いたのは、十一時五十分頃じゃないかと思う。もちろん、『あさま9号』は、とっくに発車してしまっている。深見は、一二時〇〇分上野発の『あさま13号』に乗った。これより遅い列車では、いけないんだ。この『あさま13号』は、横川に、一三時四二分に着く。この時刻が大事なんだ。一方『あさま10号』が、軽井沢から下りて来て、横川に着くのは、一三時四七分で、共に四分間停車する」

十津川は、二つの時刻を、手帳に並べて書いた。

一三時四二分「あさま13号」横川着
一三時四七分「あさま10号」〃

「カメさん。下りの『あさま13号』の方が、先に着くところがミソなんだ。あの日、『あさま13号』に乗った深見は、列車が、横川に着くと、カメラを持って降りた。五分後に、EF63形にガードされて、『あさま10号』が、到着し、解放する作業が始まる。深見は、自分を入れて、その写真を、ホームにいた人に頼んで、撮って貰ったんだ。あの写真は、EF63形を、これから連結しようとしているところではなくて、解放したところの写真なんだ。深見は、電気機関車のナンバープレートを入れるようにして、写真を撮ればよかったんだ。あの日、その電気機関車のナンバーは６３２１だったが、他のナンバーでもいいんだ。とにかく、上りの『あさま10号』をガードして、横川に着いたＥＦ63形電気機関車は、その日の下りの『あさま９号』を、後押しして行ったＥＦ63形と、同じ車両なんだ。深見は、その写真を、『あさま９号』に乗って行って、横川で、ＥＦ63形に連結したときに撮ったといった。われわれは、横川に問い合せた。『十月三十日に、『あさま９号』に連結して、碓氷峠を越えたＥＦ63形電気機関車のナンバーを教えてくれ』とね。当然、写真に写っていたと同じナンバーが、回答されてくる。それで、深見のアリバイは、確立してしまったんだよ。あのとき、『そのＥＦ63形は、上りの列車にも、連結されるんですか？』と聞けば、よかったんだが、それを忘れてしまった」

やがて、二人を乗せた「あさま10号」は、碓氷峠の急勾配を下りて、横川駅に到着した。

一三時四七分である。下りホームに入っていた「あさま13号」が、ＥＦ63形の重連に後押しされて、出発して行った。

ホームに降りた十津川と亀井は、先頭車両の方へ歩いて行った。

ここまで、ガードして来たＥＦ63形電気機関車の解放作業が、始められていた。

カメラを持った少年たちが、列車から降りて来て、それを写真に撮っている。十月三十日に、深見も、同じようにしたのだ。強盗事件のアリバイを作るために。

8

これで、深見のアリバイは、崩れた。

あとは、一千万円の行方である。

「長野へ行ってみよう」

と、十津川は、亀井に言った。

深見は、「あさま13号」に乗って来て、横川で降り、五分後に到着した「あさま10号」のEF63形電気機関車の解放作業を写真に撮った。

その間に、「あさま13号」は、発車してしまった筈である。とすれば、深見は、次の列車で、長野へ向ったことになる。

十津川と亀井も、その通りにすることにした。

一四時四二分。「あさま15号」が、横川に到着した。上野一三時〇〇分発、長野行きである。

十津川と亀井は、列車に乗った。四分後に発車した「あさま15号」は、同じように、

ＥＦ63形電気機関車の重連に後押しされて、碓氷峠を登って行く。

「警部は、深見がどこへ一千万円をかくしたと思われますか？」

亀井が、アリバイ・トリックが解明できたことで、ほっとしながら、十津川にきいた。

「いくつか考えられるね。まず、深見の単独犯で、かくした場合と、共犯がいて、それに渡してしまったという場合だ」

「共犯がいたとすると、女かも知れませんね」

「そうだな。もう一つは、浅草で一千万円を強奪してから、上野までの間に、かくしてしまったのか、それとも、長野でかくしたのか、或いは、列車の中で、共犯者に渡したのかということだ」

「上野駅のコインロッカーにかくしたということは、考えられませんか？　列車に乗る前にです」

亀井がいうと、十津川は、首を振った。

「それはないね。駅のコインロッカーは、三日間たつと、あけられてしまうからだ。彼は、三日間、長野にいた。コインロッカーは、使えないよ。もし、使ったとしたら、二日で帰京している筈だ」

「すると、長野でしょうか？」

「まあ、行けば、何かわかるだろう」

十津川は、呑気《のんき》にいった。アリバイが崩れた以上、深見が犯人であることは確定したから、あわてることはないのだ。

長野着は、一六時一二分だった。

まだ、周囲は、明るい。この明るさなら、善光寺へ行って、写真が撮れる。

深見も、恐らく、善光寺へ行ったのだろうと、十津川は、思った。

長野駅から、善光寺へ行くバスが、頻繁《ひんぱん》に出ているし、歩いても、行ける距離である。

善光寺へ行って写真を撮ってからでも、五時までに、大和旅館に着けるだろう。

駅前から、善光寺に向って、まっすぐ伸びる大通りの両側には、民芸品を売っている店が多い。

その大通りを、善光寺に向って五、六分歩き、左に折れたところに、大和旅館があった。

十津川たちは、旅館の女将に、警察手帳を見せ、電話で問い合せたときのお礼をいった。

亀井が、ポケットから、深見の顔写真を出して見せて、

「確認しますが、十月三十日に、泊りに来た男は、この写真の男ですか？」

と、きいた。

四十歳くらいに見える女将さんは、写真を、じっと見てから、

「この方ですわ。間違いありません」

と、いった。

宿帳にも、深見の名前が書いてあった。住所も、四谷三丁目のアパートになっている。

「二日泊って、三日目に帰ったんですね？」

今度は、十津川が、きいた。

「はい」

「その間、訪ねて来た人も、電話をかけて来た人もいない？」

「ええ。どちらも、ありませんわ」

「しかし、東京に一度、電話をかけたんですね」

「はい」

「ここへ来た日ですか？　十月三十日ですか？」

「いいえ、それは、確か十一月一日でしたが」

「じゃあ、旅館を出る日ですか？」

「ええ。そうですわ。お帰りになる日の午前中でした」

「十月三十一日は、戸隠高原へ行っていたんですね？」

「朝、戸隠へ行く道をおききになりましたから、お行きになったと思いますけど」

恐らく、十月三十一日に、深見は、戸隠高原へ行って、写真を撮って来たのだろう。

十津川と亀井は、まだ、東京へ帰る列車は、何本もあったが、この大和旅館に泊ることにした。それをいい出したのは、十津川である。

夕食をすませたあと、二人は、地下の大浴場に入った。他にも、何人か入っていたが、すぐ、出て行き、十津川たちの貸切りみたいになった。

「どうも、中年太りになってきました」

亀井が、照れ臭そうにいった。

「私もさ」

と、十津川も、笑った。

犯人を追って、毎日のように駆《か》けずり廻るので、普通のサラリーマンほど、運動不足ではない筈だが、それでも、二人とも、最近、お腹が少し出て来ている。

湯舟に、肩までつかりながら、亀井が、

「明日は、戸隠高原ですか？」

と、十津川に、きいた。

「いや」

十津川は、首を振った。

「深見の行ったところを、廻ってみないんですか？」

「最初は、そのつもりだったが、意味がないように思えて来たんだよ。問題は、一千万円の行方だ。戸隠高原のどこかへかくしたとは考えられない。山の中へでも埋めたのでは、本人が、東京へ帰ってから、不安で仕方がないだろう。誰かに、掘り出されやしないかと思ってね。戸隠高原へ行ったのは、長野へ来たことの理由づけだと思う」

「すると、やはり、誰かに預けたということでしょうか？」

「それ以外に考えられないよ。相手は、多分、女だろう。男の共犯者がいたとしたら、銀行強盗のどこかに顔を見せていなければおかしいからだ。銀行の外で、車で待っているとかね。しかし、今度の事件で、そんな共犯者の存在は、匂《にお》って来ない。となれば、深見に女がいて、彼は、奪った一千万円を、彼女に預けたとみた方がいいだろうと思う」

「しかし、どこの、どんな女かもわかりませんよ。四谷三丁目の深見のアパートにも、女の名前や、写真や、手紙なんかは、一つも見つかっていませんから」

亀井は、当惑した顔で、いった。

「そろそろ、出ようじゃないか。あんまり、入っていると、のぼせてしまう」

十津川は、湯舟から出た。

二階の部屋に戻り、窓を開けると、ひんやりした秋風が、吹き込んできた。

「さっきの推理を続けてみよう」

と、十津川は、いった。

「問題は、深見に女がいたとして、彼女に、どこで会い、いつ、一千万円を預けたかということになりますね」

亀井は、お茶をいれながら、十津川にいった。

「その答は、深見が、十一月一日に、東京に電話したところにあるような気がするんだがね」

「しかし、警部、東京にかけたことはわかっていますが、相手のナンバーも、名前もわかっていません」

「そうだ」

「じゃあ、どうやって、相手を見つけ出しますか？」

「深見は、十月三十日に、この旅館へ着いているが、その日も、次の日も、電話をかけていない。彼としては、一刻も早く、連絡をとりたかった筈なのにだよ。彼には、前科があって、疑われ易《やす》い。だから、強盗事件があって、自分に容疑がかかっているかも知れないことは、わかっていたろうし、その証拠となる一千万円は、少しでも早く、誰かに預けたかったろう。それなのに、なぜ、二日間、連絡しなかったんだろうか？」

「相手が旅行中だったのかも知れませんね。十一月一日になったら、家に帰っているといったので、その日まで待って、連絡をとったということじゃありませんか？」

「いや、それは違うな。もし、女が十一月一日に旅から帰ってくるとしたら、それまで待ってから、銀行に押し込めばいいんだ。『あさま9号』を利用したアリバイ・トリックは、十月三十日でなければ、出来ないわけじゃなくて、その列車が走っている限り、可能だからね」

9

「じゃあ、なぜ、十一月一日になってから、東京に電話したと思われますか？」

亀井は、じっと、十津川を見た。

「深見は、強盗を働いた十月三十日に、すでに、女に会っていたんだと思うね。そして、一千万円を預けた。金を持った女は、ひと足先に、東京へ帰った。十一月一日の電話は、無事に、東京へ帰ったかどうかを確認したんだと思うね」

「すると、深見は、この長野で、女に会い、一千万円を預けたということになりますね？」

「そう考えれば、深見が、長野へ来た理由もわかるじゃないか」

「しかし、警部。誰も、この旅館へ訪ねて来なかったし、電話もかからなかったと、女将は、証言していますが」

「問題は、そこさ。この長野で、落ち合うことになっていて、しかも、相手が、この旅館に連絡して来なかったということになると、どんなことが、考えられるかね？しかも、当の深見は、別に、あわてた様子はなかったというからね」

「女も、この旅館に来ていたということですか？」

亀井は、眼を輝かせた。

「その通り。そう考えれば、全て説明がつくんじゃないか。しかも、泊り客の誰か、かなり限定できる。深見が、この旅館を、十月二十九日に予約しているから、その前に、この旅館に泊ってはいないとわかる。恐らく、十月三十日に、ここへ先に来て泊ったんだろう。それから、深見は、十一月一日の午前中に、東京へ電話しているから、その時には、もう、東京に女は、帰っていたんだ。つまり、十月三十日に泊り、翌日、東京へ帰った女が、深見の相棒ということになる」

「調べて来ます」

亀井は、すぐ、階下《した》の帳場へ飛んで行った。
二、三分すると、宿帳を借りて、戻って来た。

「該当する客は、一人だけでした。ここにある田中京子《たなかきようこ》です。住所は、東京の世田谷《せたがや》になっていますが、世田谷区玉川町《たまがわ》などというのはありません」

「それから、名前も、偽名だろうな」

十津川は、別に、落胆した様子も見せずにいった。自分の推理が当っているとしても、本名で、泊っていたとは、思っていなかったからである。

十津川は、まず、旅館の女将に頼んで、絵の描ける人間を探して貰った。

その結果、近くに住んでいて、昔は、似顔絵が得意だったという老人が見つかった。

旅館の女将や、従業員などから、田中京子と名乗って、泊っていた女の顔を聞き、その似顔を、老人に、描いて貰った。

多少、古めかしい線だが、老人の腕は、確かなものだった。

女将や、従業員の言葉に従って、似顔絵は、少しずつ、訂正されていった。

一時間近くたったとき、女将が、満足気に、

「この顔だわ！」

と、叫んだ時、絵が出来あがるのを、じっと、見守っていた十津川と亀井も、同時に、

「彼女だ！」

と、声に出していた。

深見が、五年前、郵便局を襲って逮捕された時、彼が同棲《どうせい》していた女が、彼女で、名前は、確か、池田《いけだ》有子《ゆうこ》といった。

深見は、五年間、刑務所に入っていたのだが、出所すると、すぐ、彼女に連絡したのだろう。

「男も女も、意外に、律義なんだな」

十津川は、苦笑した。

五年間、刑務所に入っていた深見は、出て来たばかりでは、新しい女を作る時間がなかったろうが、女の方は、よく、五年間、他に男を作らなかったものだと、十津川は、感心した。

或いは、五年間、自分を待っていてくれたということで、深見は、池田有子を信用して、強奪した一千万円を、彼女に預けたのかも知れない。

東京に戻った十津川は、すぐ、池田有子を、指名手配した。

二日後、池田有子は、羽田《はねだ》空港で逮捕された。皮肉なことに、有子は、自分より若い男と、深見が預けた一千万円を持って、北海道へ、高飛びするところだった。

やはり、五年間は、女にとって、長過ぎたのかも知れない。

（角川文庫『ＥＦ63形機関車の証言』に収録）

青函連絡船から消えた

1

「十津川《とつがわ》君、ちょっと来てくれ」

と、捜査第一課長の本多《ほんだ》に呼ばれて、十津川は、課長席に、足を運んだ。

本多は、難しい顔をしていた。

「少しばかり、面倒な事件が、起きてね」

と、本多は、いった。

「どんな事件ですか？」

「昨日、横浜《よこはま》の市内で、傷害事件があって、犯人は、逮捕された。二十七歳の黒川《くろかわ》哲《さとし》という男でね。相手は、胸をナイフで刺されて、全治三ヶ月の重傷だそうだ」

本多が、説明する。

十津川は、「はあ」と、いったものの、隣りの神奈川県で起きた事件が、こちらと、どんな関係があるのかわからず、戸惑っていた。

「神奈川県警で、取調べをしているんだが、この黒川が、取引きを申し出た」

「どんな取引きですか？」

「それが、困った問題なんだよ。黒川は、県警の刑事に向かって、こういったそうだ。自分は十月五日に、青函《せいかん》連絡船に乗った。そこで、若い刑事と知り合いになったが、その刑事が、船中で、東京の中年男と、つまらないことでケンカを始めた。自分が、間に入って、仲直りさせたが、夜中に、何気《なにげ》なく起きて、甲板《デッキ》にあがったところ、その若い刑事が、ケンカ相手の中年男を、海に突き落とすのを、見たというんだ」

と、本多が、いった。

「まさか、その若い刑事が、うちの人間だというんじゃないでしょうね？」

と、十津川は、きいてから、本多の顔色を見て、

「うちの人間なんですか？」

「そうだよ。西本《にしもと》刑事だ」

「まさか！　そんなのは、でたらめに、決まっていますよ」

「だろうが、黒川という男は、警視庁捜査一課の西本という刑事だと、いい張っているらしい。船内で、自己紹介されたと、いっているし、彼のいう人相は、西本刑事と、ぴったりなんだよ」

「しかし――」

「もちろん、黒川という男が、嘘《うそ》をいっていると思うが、十月五日に、西本刑事は、

どこにいたか、わかるかね？」

と、本多が、いった。

「去年の十月ですか」

「一応、調べてみてくれないか」

「わかりました」

と、十津川は、肯《うなず》いてから、

「それで、黒川という男は、どんな取引きをしたいといっているわけですか？」

「今度の傷害事件だが、刺された方も、黒川の仲間でね。金で解決したいといっているらしい。刑事事件にしないでくれというわけだよ」

「してくれなければ、西本刑事のことを、バラすというわけですか？」

「マスコミに、流すといっているらしい。友人に、メモを渡しているようだ」

「とにかく、西本刑事に、確認してみます」

と、十津川は、いった。

2

自分の部屋に戻ると、十津川は、西本刑事を呼び、喫茶室へ、連れて行った。

コーヒーと、ケーキを注文し、それが、運ばれて来てから、十津川は、

「去年の十月だが、君は、休暇をとったことがあったかね？」

と、何気ない調子で、話しかけた。

「去年の十月ですか？」

と、西本は、きき返してから、

「確か、十月の初めに、三日間休暇を貰《もら》って、北海道へ行って来ました」

と、いった。

その表情に、曇りのないことに、十津川は、ほっとしながら、

「北海道へ、何しに行ったんだ？」

「私は、船が好きなんです。間もなく、青函連絡船が消えるというので、見おさめだと思い、乗って来ました」

「正確な日付けを、覚えていないかね？」

十津川が、きくと、西本は、変な顔をして、

「なんですか？　私の、あの時の旅行が、問題になっているんですか？　ちゃんと、休暇願を出してから、行きましたが」

「いや、そうじゃないんだよ。君が、青函連絡船に乗ったのは、十月五日じゃなかったかね？」

「ええ。十月五日だったかも知れません。青森から、最終の連絡船に乗ったんです。夜半でしたよ、函館《はこだて》に着いたのは」

「船内で、事件はなかったかね？」

と、十津川は、きき、じっと、西本の顔を見つめた。

西本は、首をひねって、

「事件ですか？」

「そうだよ。船客の一人が、甲板に出ていて、海に落ちたといったような事件だがね」

「そんな事件は、なかったと、思いますが——」

「船の名前は、覚えているかね？」

「十和田《とわだ》丸です」

「その船内で、君は、他の船客と、ケンカをしなかったかね？」

「ケンカですか？」

と、いい、西本は、しばらく考えていたが、

「多少、酔っていたので、中年の男と、ケンカしました。しかし、それが、何かあるんですか？」

と、急に、不安気な表情になった。

「ケンカした相手の名前は、覚えているかね？」

「いや、覚えていませんが、四十五、六歳で、恰幅《かっぷく》のいい男でしたよ。ただ、酔っ払って、私に絡《から》んできたので、ケンカになってしまったんです」

「その時、誰かが、仲裁《ちゅうさい》に入らなかったかね？」

「ええと、――ああ、船の中で知り合った若い男が、止めに入ってくれましたよ」

「名前は、覚えているかね？」

「名刺を貰いました。確か、横浜市内に住む黒川という男でした」

と、西本は、いった。

（やはり――）

と、十津川は、思いながら、

「君も、自分の名前を、その黒川という男に、教えたかね？」

「名刺を渡しました――あの名刺が、何か、悪いことに、利用されたんですか？」

西本が、顔をしかめて、十津川を見た。

十津川は、少しさめてしまったコーヒーを、口に運んだ。

「黒川という男のことを、覚えているかね？」

「そうですね。喋《しゃべ》っていると、楽しい男でしたよ。話題も、豊富でしたから」

「どんな話をしたんだ？」

「彼が、何かしたんですか？」

西本が、心配そうに、きく。

「いいから、私の質問に、答えてくれないかね」

「わかりました。横浜の話をしてくれましたよ。中華街の美味《うま》い店の話とか、山下《やました》公園のこととか、美人が多い話とか。ああ、いつか、遊びに来ないかと、誘われましたよ」

「何をやっている男なんだ？」

「自分で、小さな輸入雑貨の店をやっているといっていましたが」

「君とケンカした中年男のことは、本当に、名前も、覚えていないのか？」

「はい。ケンカも、向こうから、絡んできたんです」

「そのケンカのことを、詳しく話してくれないかね」

と、十津川は、いった。

西本は、考えながら、

「確か、青森発が、午後八時近かったんです。ですから、函館着が、真夜中でした。どうせ青函連絡船に乗るだけの旅でしたから、函館で一泊して、また、船で、戻るつもりだったんです」

「真夜中に函館に着くと、もう、接続する列車もないね」

「そうなんです。そのせいか、連絡船の中は、かなり、すいていましたね。もう、二度と乗れないかも知れないと思って、グリーン指定席にしました。グリーンも、がらがらでした。売店で、生ビールと、おつまみを買って、窓の外の夜景を見ながら、飲んでいたら、若い男が、隣りの座席に来て、話しかけてきたんです」

「それが、黒川という男なんだね？」

「そうです。妙に、話がはずみましてね。グリーン船室の出入口のところに、喫茶室があるんで、そこへ席を移して、話の続きをやったんです。そこへ、甲板の方から、男が、喫茶室に入って来たんですね。最初から、かなり酔っていましたね。私たちの近くに、腰を下ろして、ウイスキーのポケット瓶《びん》で、飲んでいましたが、急に、絡んできたんですよ。私と黒川という青年が、話をしていて、その話が面白くて、私が笑ったら、その中年男が、自分のことを笑ったろうといって、絡んできたわけです」

「それから？」

「違うといっても、きかずに、いきなり、殴《なぐ》られましたよ。黒川という男が、止めてくれたので、なんとか、おさまりましたが、私は、殴られただけで、何もしていません」

「それで、中年男とは、別れたんだね？」

「そうです。私は、自分の席に戻って、眠りました」

「眼をさましたのは？」

「間もなく、函館に着くという船内放送で眼をさましました。十二時近かったのを、覚えています」

「その間、甲板に出たことはなかったかね？」

「いえ。ずっと、寝ていました。函館港に近づいてから、今いったように眼をさまし、甲板に出ました。真っ暗な中で、函館の町の灯が、近づいてくるのが、印象的でした」

と、西本は、いった。

十津川は、じっと、喋っている西本の顔を見つめていた。が、別に、動揺しているようには、見えなかった。

「眼をさましてからだが、黒川という男か、ケンカした中年の男に、会ったかね？」

「中年男には、会いませんが、黒川の方には、会いましたよ。彼も、函館市内のホテルに泊まるといっていました。ただ、私が、また、連絡船で引き返すのに、黒川は、札幌《さっぽろ》へ行くんだと、いっていました」

「その後、黒川に、会ったかね？」

「いいえ。ただ、今年の正月に、年賀状が来ました。私も、あわてて、賀状を出しましたが」

と、西本は、いった。

十津川は、西本には、それ以上、話さず、部屋に戻った。

まだ、調べなければならないことがあったからである。

黒川は、神奈川県警の刑事に向かって、西本が、ケンカ相手の中年男を、甲板から海に突き落とすのを見たと、証言したという。

十月五日の夜、十和田丸で、果して、そんな事件があったかどうか、調べなければならない。

もし、船客の一人が、行方不明になったという事実がなければ、西本に、これ以上、質問する必要は、なくなるからである。

十津川は、JR北海道に、電話をかけた。

国鉄時代も、青函連絡船は、北海道側の所管だったが、JRになった今も、同じである。

去年、十月五日の十和田丸で、何か、なかったかを、十津川は、きいた。

「それですが、船客の一人が、行方不明で、現在も、調べていますが、絶望と思われます」

と、相手は、いった。

十津川は、重い気持ちになりながら、

「それは、十月五日の十和田丸の船客ですか？」

と、念を押した。

「そうです。乗船前に、乗船カードに記入して貰い、下船したとき、回収するわけですが、十月五日の十和田丸の時、一枚、足《た》りなくなっていたのです」

「しかし、乗船カードを渡さずに、おりてしまう船客もいるんじゃありませんか？

私も、一度、青函連絡船に乗ったことがありますが、次の列車への時間などがあって、一斉《いっせい》に、船をおりますからね。乗船カードを、係員が一枚ずつ、受け取らずに、改札のところに置かれた箱の中に、投げ入れていましたよ」

「確かに、そうですが、翌日、連絡船に乗った筈《はず》の主人から、何の連絡もないという電話があったんです。それで、これは、本物だと思い、海上保安庁にも連絡して、必死に、探したんですが、見つかりませんでした。今もいいましたように、今でも、調べていますが、もう、絶望だと思っています」

「いなくなった船客の名前は、わかりますか？」

「東京の人で、名前は、沢田《さわだ》正也《まさや》さん。四十七歳で、製パン業をやっている人です。奥さんの話では、青函連絡船が好きで、十月五日の十和田丸に乗ったんだと、いうことです。お酒が好きだそうですから、酔って、夜、甲板に出ていて、海に落ちたのではないかと、思っているんですが」

「奥さんは、何といっているんですか？」

「酔っても、海に落ちる筈がない。何かあったに違いないと、おっしゃっていますが、今のところ、犯罪の匂いは、ないようなのです。こちらの警察も、調べる気配は、ありませんしね」

と、相手は、いってから、急に、語調が変わって、

「東京の警視庁の警部さんが、わざわざ、問い合わせてこられたのは、あの事故のことで、何かあるわけですか？」

「いや、別にありませんよ。私の個人的な興味で、おききしただけです」

と、十津川は、いった。

「そうですか。それなら、いいんですが……」

「消えた沢田さんという人の遺留品は、見つかったんですか？」

「見つかりました。ショルダーバッグが一つで、着がえと、洗面道具、それに、カメラが入っていました。奥さんが、間違いなく、主人のものだというので、お渡ししました」

と、相手は、いった。

十津川は、沢田正也という男の住所と、電話番号を聞いて、受話器を置いた。

そのあと、十津川は、ひとりで、しばらく、考え込んでいた。

問題の十月五日、十和田丸から、沢田正也という中年男が、消えたことは、事実だったのだ。

それを、黒川という男は、西本刑事が、突き落としたと、いう。

十津川は、もちろん、そんな話は信じない。が、黒川が、マスコミに喋ったら、警察としても、その真偽《しんぎ》を、調べなければ、ならなくなるだろう。

十津川は、本多一課長に、わかったことの報告に行った。

本多は、新聞の縮刷版で、去年の十月分を読んでいた。

「確かに、去年の十月五日に、青函連絡船から、船客の一人が、消えていました」

と、十津川が、いうと、本多は、縮刷版の十月六日の夕刊を示して、

「新聞にも出ていたよ。この記事によると、酔って、甲板から、海に落ちたのではないかと書かれているね。東京中野《なかの》の製パン会社の社長らしい」

「名前は、沢田正也です」

「それで、西本刑事の方は、どうなんだね？」

「十月五日のその連絡船に、乗っています。黒川という男と、船内で知り合い、名刺を交換したことも、認めました」

「消えた中年男のことは、どういっているんだね？」

「酔って絡まれたことは、認めています。殴られたこともです。しかし、黒川という男が、仲裁して、そのあと、そのケンカ相手には、会っていないと、いっています」

「君は、西本刑事の言葉を信じたのかね？」

と、本多が、きいた。

「当然でしょう。部下を信じなければ、一緒に仕事は出来ません」

十津川は、きっぱりと、いった。

「しかし、君は、西本刑事のことを、全部知っているわけじゃないだろう？　私生活まで、管理しているわけじゃあるまい？」

と、本多は、きいた。

「彼の私生活は、知りません」

「彼が休暇をとって、青函連絡船に乗ったのは、君の知らない私生活の面かも知れないだろう？」

「そうです」

「西本刑事は、ひょっとして、カッとなり、沢田という男を、連絡船から、突き落としたかも知れない。そんな疑いは、持たないのかね？」

「持ちません」

「しかし、調べたんだろう？」

「そうです」

「彼を信じているのに、なぜ、調べたんだ？」

と、本多が、意地悪くきいた。

「神奈川県警は、黒川という男の取引きには応じないわけでしょう？」

十津川は、逆に、きいた。

「当然だろうね」

「そうなれば、黒川は、友人を通じて、マスコミに、十月五日の件を知らせるに、決まっています。現職の刑事の犯罪ということで、マスコミは、飛びついて来ます。その時、西本刑事を、守ってやらなければなりません。そのためには事実を知っておきたかったんです」

「これから、何を調べる気だね？」

と、十津川は、いった。

「消えた沢田正也という男が、どんな人間だったか、知りたいですね」

と、十津川は、いった。

4

二日後の一月二十六日の新聞が、大きく、書き立てた。


〈警視庁のN刑事が海に突き落としたと、目撃者が、証言！〉

〈去年十月五日、青函連絡船から消えた船客に、新事実！〉

〈現職の刑事が、殺人か？〉


そんな刺戟《しげきてき》的な文字が、躍《おど》っていた。

西本刑事の顔色が変わっていたが、他の刑事たちは、Nが誰だろうかと、噂《うわさ》し合っていた。自分たちの仲間の西本だとは、思っていないようだった。十津川も、いわなかった。

ただ、亀井《かめい》にだけは、知らせておきたくて、彼を、警視庁の外へ連れ出した。

勘《かん》のいい亀井は、それだけで、察したらしく、

「新聞にあったN刑事というのは、うちの西本君のことですか？」

と、濠端《ほりばた》を歩きながら、十津川に、いった。

「そうなんだ。横浜で、傷害事件で捕まった黒川という男が、見たと、いっている」

「西本君自身は、どういっているんですか？」

「もちろん、否定しているよ。十月五日に、問題の青函連絡船に乗ったことや、ケンカしたことは、認めているがね」

と、十津川は、西本にきいたことを、そのまま、亀井に告げた。

「しかし、マスコミが、書き立てたとなると、このまま、放ってはおけませんね」

と、亀井が、いう。

「そうなんだ」

「どうするお積《つも》りですか？」

「まず、消えた男、沢田正也のことを、徹底的に、調べる。彼を殺したいと思っていた敵がいなかったかどうかを、特にね。もし、青函連絡船から、突き落とされたのなら、誰か、彼を憎んでいた者がいた筈だ」

「自分で、姿を消した可能性もあるわけですか？」

と、亀井が、きいた。

「あり得るね。人間は、時には、姿を消したいと思うものだからね。乗船カードがあっても、それを提出しなければ、船からおりていてもわからない。船が着くと、どっと、乗客がおりるからね。混雑にまぎれ、カードを渡さずに、船をおりて、姿を消してしまえば、船から落ちたと思われる」

「では、始めましょうか」

と、亀井は、いった。

二人が、警視庁に戻ると、警視庁詰めの記者たちに、取り囲まれた。

「お二人で、善後策を話し合われていたんですか？」

「西本刑事の処分を、どうされるんですか？」

「出来たら、西本刑事に会わせてくれませんかね？　彼の弁明を聞きたいんですよ」

「西本刑事には、酔って、カッとなるようなところがありましたか？」

「調べたんですが、西本刑事は、以前、容疑者を殴りつけて、問題になったことがありましたね？」

そんな質問が、矢つぎ早に、二人に、浴びせかけられた。

十津川は、亀井を、先にやってから、記者たちに向かって、

「一つ一つ、私がお答えしますよ。西本刑事の処分は、私が考えることではなく、刑事部長が考えている筈です。西本刑事には、会わせられません。また、会わせる必要もない。彼は、青函連絡船で、船客を突き落としたことなどないと、いっていますし、皆さんに会っても、同じことをいうに、決まっているからです。容疑者を殴ったことがありますが、それは、相手が狂暴で、殴りかかって来たからです。もう一つ、酔っ

ても、口数が多くなるだけで、ケンカを吹っかけたりはしません。これで、いいでしょう？」

「もう一つ、質問がありましたよ。亀井刑事と、善後策を立てていたんじゃないのかという質問です」

「その質問には、お答えする必要はないでしょう」

「なぜですか？」

「西本刑事は、シロです。何もやっていないのに、われわれが、調べる必要がないからです」

と、十津川は、きっぱりと、いった。

5

十津川と、亀井は、ひそかに、沢田正也のことを、調べることにした。

表立って、捜査すれば、マスコミは、必ず、「警視庁、あわてて、善後策に走り回る」と、書き立てるに、違いないからである。もっと意地悪く、「警視庁、ボロ隠しに奔走《ほんそう》！」と、書かれないとも限らない。

十津川は、西本だけを部屋に残し、あとの刑事たちに、陽動作戦を取らせることにした。

あわただしく、警視庁を飛び出して行く。そして、三十分後に、戻ってくる。

その間に、十津川と、亀井は、覆面パトカーで、抜け出すことにした。

中庭に、車の中で待機していて、二人は、警視庁を出た。

尾行してくる車はない。

十津川たちは、まず、沢田の同業者に、会ってみることにした。

同じ中野区内で、製パン会社を経営している二人の男だった。

一人は、従業員二十人という小さな会社の社長である。

名前は、本田《ほんだ》。五十二歳の男だった。

「経営は、苦しいですよ」

と、本田は、いきなり、十津川たちに、泣きごとを、いった。

「今は、大量生産、大量販売の時代で、私のところみたいに小さなところは、やっていけません。沢田さんのところも、同じだったと思いますね」

「そんなに、苦しいですか？」

「うちなんか、借金だらけですよ。特に、近くに、片岡《かたおか》製パンという大きな会社が進出して来てからは、お得意を、向こうに、どんどん、取られてしまいましてね」

「沢田さんのところも、同じでしょうか？」

と、十津川は、きいた。

もし、沢田が、経営に行き詰っていたら、自殺したのかも知れないし、借金に追われて、姿を消したのかも知れないのだ。

「うちは、配送の車を四台しか持っていません。沢田さんのところは、五台だったかな。片岡製パンは、三十台ですよ。それに向こうは、最新の製パン機械。コンピューターだって、導入していますよ。かないませんよ」

と、本田は、いった。

「沢田さんは、経営が苦しいと、いっていませんでしたか？」

「時々、会っていましたが、いっていましたね。この仕事を、やめたいともね。わかりますよ。こう苦しくちゃあね」

「沢田さんというのは、どういう人でした？」

と、亀井が、きいた。

「そうですねえ。酒が好きで、酔うと、時々、絡むくせがありますが、それを除けば、いい人ですよ。人の面倒見がよくて、親分肌でね。あんないい人はいないんじゃありませんかねえ」

と、本田は、いった。

「他人《ひと》に、恨《うら》みを買うようなことは、考えられますか？」

「いや、考えられませんね。誰にきいてもわかる筈ですが、みんな、彼のことが、好きでしたよ」

「沢田さんの家族は、どうですか？　奥さんとは、うまくいっていたと思いますか？」

と、十津川が、きいた。

「あの奥さんも、いい人ですよ。子供がない分、仲が、良かったですねえ」

「沢田さんが、なぜ、北海道へ行ったか、知っていますか？」

「沢田さんの趣味が、旅行でね。それででしょう。前から、なくなる前に、青函連絡船に乗りたいと、いっていましたから」

「奥さんは、自殺する筈がないと、電話で、いっているんですが、本田さんは、どう思われますか？」

と、十津川は、きいてみた。

「新聞によると、若い刑事と、連絡船の中でケンカをして、その刑事に、突き落とされたそうじゃないですか」

本田は、眉《まゆ》を寄せて、いった。

「あれは、嘘です」

と、亀井が、いった。

「しかし、新聞には、そう書いてありましたよ」

「あれは、黒川という男が、嘘をついたんです」

「まあ、あなた方が、身内をかばいたい気持ちになるのは、わかりますがね。沢田さんが、自殺する筈もないし、奥さんに黙って姿を消す筈もありませんからね。あの人の唯一《ゆいいつ》の欠点は、今もいったように、酔って、絡むことでしたからね。生意気な若い刑事とケンカをして、カッとした相手に、突き落とされたと、私も、思いますがねえ」

「違いますよ」

と、亀井が、腹立たしげに、いった。

6

十津川たちは、次に、片岡に会った。

本田がいっていた、大きな製パン会社の社長である。

なるほど、大きな工場には、「片岡製パン」と、横腹に書かれた車が、ずらりと並んでいる。

片岡は、四十歳と、若かった。

「沢田さんのことは、よく知っていましたよ」

と、片岡は、落ち着いた声で、いった。

「それは、どんな風にですか？」

と、十津川は、きいた。

「何といっても、この中野では、同じ製パン会社として、先輩に当たる方ですからね」

「しかし、ここのような大手が進出して来て、沢田さんの会社は、四苦八苦《しくはっく》だったんじゃありませんか？　同業の本田さんも、借金で、大変だと、いっていましたよ。この仕事をやめたいともね」

「まるで、私が、悪者みたいですね」

と、片岡は、苦笑した。

「しかし、ここみたいな大手の進出で、沢田さんが、苦労していたことは、本当でしょう？」

十津川がいうと、片岡は、急に、立ち上がって社長室の窓から、外を、見つめた。

「今、この辺の土地が、一坪《つぼ》いくらか、わかりますか？」

と、片岡は、窓の外を見たまま、きいた。

「高いことは、わかりますが、いくらかは、知りませんね」

「坪一千万ですよ。沢田さんの会社は、もっと駅に近いから、多分、二千万近いでしょう。沢田さんの工場は、先代からで、五百坪は、ありますよ。それだけでも百億近いんです。たいした財産です。うちは、確かに、大手ですが、この中野には、あとから、進出したので、工場を建てるにも、大変な借金をしています」

「しかし、沢田さんも、借金しているかも知れませんよ」

「いや、あの人は、堅実《けんじつ》な人でね。借金はない筈ですよ」

と、片岡は、いってから、続けた。

「だから、沢田さんは、製パンの仕事をやめても、あの土地を売って、ゆうゆうと、暮していけますが、借金をしてこの会社をやっている私は、転向も出来ません」

と、いった。

「すると、あなたは、沢田さんが、自殺したとは、思わないんですね？」

「そんな筈がありませんよ」

「じゃあ、沢田さんは、なぜ、姿を消したと思いますか？」

「それは、あなた方が、よく知っている筈じゃないんですか？」

と、片岡は、十津川と亀井を見た。

二人は、片岡と別れて、車に、戻った。

「土地だけで、百億ですか」

と、亀井は、呆《あき》れたように、いった。

「それが、事実なら、沢田正也は、自殺ではないし、自ら、姿を消したわけでもない」

「しかし、銀行に、借金をしてなければですね」

と、亀井は、いった。

二人は、駅近くにある沢田の工場に、廻《まわ》ってみた。

確かに、一等地である。高級マンションが林立するところに、古びた工場が、建っている。

しかし、敷地は、広かった。

主人はいなくなったが、工場は、やっていて、中に入ると、パンの焼ける匂いがした。

自宅が、同じ敷地の中にあった。

十津川たちは、そこで、沢田の妻の昭子《あきこ》に、会うことが出来た。

「きついことをいわれるぞ」

と、十津川は、前もって、亀井にいっておいたのだが、案《あん》の定《じょう》、昭子は、

「あの新聞の記事は、本当なんですか？」

と、咎《とが》めるように睨《にら》んだ。

「うちの刑事が、ご主人を突き落としたというのは、嘘ですよ」

と、十津川は、いった。

「でも、主人は、自殺なんかしませんわ」

「ええ、そう思います」

「それなら、誰かに、突き落とされたんです。それも、刑事さんに」

「われわれは、犯人は、別にいると、信じています」

「別になんて、あり得ませんわ」

「なぜですか？」

「主人は、人に好かれていましたもの。従業員にも、慕《した》われていたし、同業の方とは、親しくしていましたわ。ですから、お酒の上で、新聞に出ていた刑事さんとケンカをして、突き落とされたに違いないんです」

　昭子は、決めつけるように、いった。

　十津川は、参ったなと、思いながら、

「十月五日ですが、なぜ、ご主人は、ひとりで、旅行に出られたんですか？　なぜ、奥さんと一緒じゃなかったんですかね？」

「主人は、青函連絡船に乗りたくて行きました。普通の旅行なら、一緒に行くこともありますけど、私は、船酔いがするので、遠慮したんです」

「すると、奥さんは、十月五日は、家におられたんですか？」

「ええ。工場も、休みませんでしたわ」

「夜は、どうでした？　誰かと一緒でしたか？」

「あの日は、六時頃まで、専務さんと、帳簿を見て、そのあと、ひとりでテレビを見て、十一時に、寝ましたけど」

と、昭子は、いった。

「ご主人が、仕事のことで、悩んでいたことはありませんか？」

亀井が、きいた。自殺の可能性も、無視できないからである。

昭子は、とんでもないというように、首を横に振った。

「主人は、今の仕事を楽しんでいたし、誇りを持っていましたわ」

「しかし、大手の片岡製パンが進出して来て、苦しくなっていたということは、あったんじゃありませんか？」

「そんなこと、なかったと思います。小さければ、小さいなりの良さがありますもの」

と、昭子は、いった。

十津川たちは、専務の岡本《おかもと》に、会わせて貰った。

専務といっても、従業員二十人足らずだから、岡本は、時には、車を運転して、配達もするという。

六十歳近い、初老の男だった。

もう、この会社に、三十年以上勤めているという岡本は、十津川の質問に、

「十月五日は、間違いなく、午後六時まで、奥さんと、帳簿をつけていました」

と、いった。

「沢田さんは、借金なしの堅実な経営をしていたと聞いているんですが、それは、本当ですか？」

十津川が、きくと、岡本は、急に、狼狽《ろうばい》の色を見せて、

「それは、まあ、社長は、借金の嫌いな方でしたから――」

と、語尾を濁《にご》した。

十津川は、何かあると感じて、

「正直に、いってくれませんか。本当に、借金は、なかったんですか？　これは、殺人事件の可能性が強いんですから、嘘は、困りますよ」

と、強い調子で、いった。

岡本は、それでも、しばらく、迷っていたが、

「これは、奥さんは、ご存じないんですが」

「借金があったんですか？」

「ええ。私も、知らなかったんですが、社長は、内緒で、銀行から、借金をしていたんです」

「どのくらいですか？」

「一億円です」

「一億円もねえ。なんのために、そんな金を、沢田さんは、借りたんですかね？」

「わかりません。社長は、何も、いわれませんでしたから」

と、岡本は、いった。

十津川と亀井は、岡本のいったことが、事実かどうか、銀行に、当たってみることにした。

M銀行の中野支店で、支店長に、会った。

支店長は、困惑《こんわく》した顔で、

「あの件は、内緒にしてくれと、沢田さんに、いわれていたんですがねえ」

と、いった。

「一億円は、事実なんですね？」

「ええ。去年の四月に、お貸ししました」

「担保《たんぽ》は、あの土地ですか？」

「そうです」

「あの土地の価値は、いくらぐらいですか？」

「そうですねえ。まあ、あの場所ですから、何十億でしょうね」

と、支店長は、生真面目《きまじめ》な顔で、いった。

「ところで、一億円ですが、沢田さんは、何に使うのか、いいましたか？」

「いいえ。それは、おっしゃいませんでした」

「しかし、どこかへ振り込んだんじゃありませんか？」

「いや、現金で、お持ち帰りになりました」

「現金？　一億円全部ですか？」

「そうです」

「なぜ、現金にしたんですかね？」

「多分、使い道を、秘密にされたかったんだと思いますがね。小切手なんかだと、支払先がわかりますから」

「返済は、どうなっていたんですか？」

「毎月、利子とも、百五十万ずつ、返済して頂くことになっていて、昨年の九月までに、五ヶ月分、返済して頂いていますが」

「それは、沢田さんの預金から、引き落としですか？」

「いえ。それも、毎月、月末に、沢田さんが現金で、お持ちになっていました」

「ずいぶん、面倒なことを、していたわけですね？」

「ええ。何か、事情が、おありになったんだと思います」

と、支店長は、いう。

「沢田さんが、いなくなってからは、どうしてるんですか？」

と、亀井が、きいた。

「昨年の十月から現在までは、沢田さんの預金が、二千万ほどあるので、それから、引き落としていますが、奥さんにも、お話しする必要があると、思っています。沢田さんは、奥さんに内緒にしておられたらしいので、きっと、びっくりされると思いますが」

と、支店長は、いった。

7

「やっと、動機らしきものが、一つ見つかったね」

と、十津川は、銀行を出て、車に戻ってから、亀井に、いった。

「問題は、一億円もの大金を、沢田が、何に使ったかですね」

「商売に使ったのなら、奥さんや、専務に、話していた筈だな。第一、現金で、持ち帰ったりはしないだろう」

「女ですかね？」

「女に使ったか、何かで、ゆすられていたか」

「今どきは、女に、店の一軒も持たせるとすれば、一億円ぐらいは、必要ですよ」

と、亀井が、いった。

「沢田は、女がいたのかな」

十津川は、写真で見た沢田の顔を、思い浮かべた。

年齢四十七歳、中年である。

平凡な顔立ちだが、土地の値上がりで、資産は、何十億。

女が出来る要素は、あるのだ。

十津川は、車からおりると、公衆電話で、さっき会った本田に、かけた。

「沢田さんが、飲みに行っていた店を知りませんか？」

ときいてみた。

新宿歌舞伎町《しんじゅくかぶきちょう》の「シクラメン」という店の名前をきき、その日の夜に、十津川と亀井は、行ってみることにした。

雑居ビルの中の小さな店だった。

ママとバーテンダー、マネージャー、それに、五人ほどのホステス。

十津川と亀井は、カウンターに腰を下ろし、中年のマネージャーに、警察手帳を見せてから、

「沢田さんが、よく来ていたと思うんだがね。中野で、パン工場をやっている、いや、やっていたんだ」

と、きいた。

小柄なマネージャーは、ママを呼んでから、「ええ」と、肯いた。

「よく、お見えになっていましたよ」

「沢田さんは、月二回ぐらいかしら」

と、ママも、いった。貫禄《かんろく》はあるが、さして美人ではないママである。

「沢田さんのお気に入りのホステスがいたの？」

「マヤちゃんかしら」

「そうです。よく、マヤちゃんを、指名してました」

と、マネージャーが、いった。

「その人は、今日、来ているのかな？」

十津川は、五人いるホステスの顔を見廻した。

「今日は、まだ、来てないみたいね」

と、ママは、呟《つぶや》いてから、

「若い娘《こ》は、使いにくいわ。黙って休むし――」

「ぜひ、会いたいんだが、住所を教えてくれないかな」

と、十津川が、いうと、マネージャーが、メモ用紙に、彼女の住所を、書いてくれた。

阿佐谷《あさがや》のマンションである。本名は、中川《なかがわ》まゆみというらしい。

十津川と、亀井は、その足で、阿佐谷に向かった。

「やはり、女がいたんですね」

と、途中の電車の中で、亀井が、いった。

どうせ、沢田の金目当ての女だろうが、何か、聞けるかも知れないと、十津川は、期待した。

マンションは、駅から歩いて、十五、六分のところにあった。

十階建のマンションの405号室である。二人は、エレベーターで、四階まであがって行ったが、405号室の前へ来てみると、ドアに、貼紙《はりがみ》がしてあった。

〈一週間ほど、旅行して来ます。新聞は、入れないで下さい。中川〉

マジックで、そう書いて、テープで、ドアに貼りつけてあるのだ。

一階におりて、管理人にきくと、今日の午後五時頃、彼女が、大きなバッグを下げて、出かけるのを見たという。

「行先は、わからないかね？」

と、十津川が、きいた。

「さあ、聞いていませんね」

「間違いなく、ひとりで、出かけたんだね？」

「ええ、おひとりで、駅の方へ歩いて行きましたよ」

と、管理人は、いった。

もちろん、出かける時ひとりでも、どこかで、待ち合わせたのかも知れない。

十津川と、亀井は、あわただしく、また、「シクラメン」に、戻った。

「彼女、一週間ほど旅行して来ると、ドアに貼紙していたよ」

と、十津川がいうと、ママは、眉を寄せて、

「困るわ。勝手に、一週間も休まれちゃあ」

「何もいわずに、出かけたの？」

「そうですよ。何も聞いてませんよ」

「彼女の写真はないかな？」

十津川がいうと、マネージャーが、奥から、見つけて来てくれた。

去年の夏に、店の者全員で、グアムに行ったときの写真だという。

水着姿で、大柄で、ちょっと、きつい感じの顔だった。年齢は、二十五、六歳だろう。

「沢田さんとは、どの程度、親しかったのかね？」

と、十津川は、写真を見ながら、きいた。

「お誕生日に、沢田さんから、時計をプレゼントして貰ったと、いってましたわ」

と、ママが、いった。

「高い時計？」

「カルチェで、四、五十万はするんじゃないかしら」

ママは、事もなげに、いった。

「去年の十月五日、彼女は、店に出ていたかどうかわからないかね？」

「マネージャー、調べてみて」

と、ママが、いった。

マネージャーは、去年の帳簿を出して来て、ページを、繰《く》っていたが、

「十月五日は、マヤちゃん休んでますね。四、五、六と、三日間、休んでます」

と、十津川に、いった。

「理由は、わかる？」

「わかりませんよ。あの娘は、黙って、勝手に休むから」

「旅行は、好きなのかな？」

「さあ、どうですかねえ」

と、マネージャーは、首を振った。

彼女と、仲がいいというアケミというホステスにも、話をきいた。

「沢田さんとですか？　中野に、何十億っていう土地を持っている人だって、彼女は、よく、いってましたけどね」

と、アケミが、いう。

「二人は、関係があったのかな？」

「そりゃあ、あったと思うわ。よく、同伴して貰ってたから」

「じゃあ、沢田さんと二人で、旅行へ行くということも、あったかも知れないね？」

「彼女、温泉に行かないかって、誘われたことがあるって、いってたわ。行ったかどうかは、知らないけど」

「十月の四、五、六と三日続けて、彼女が休んだのを、覚えているかね？」

「彼女、よく休むから、十月といわれても、よくは、覚えてないわ」

「じゃあ、十月頃にしよう。沢田さんが、青函連絡船から、落ちたらしいという頃だ。その頃、彼女が、自分も、青函連絡船に乗って来たんだと、あなたに、いわなかったかね？」

十津川がきくと、アケミは、首を振って、

「覚えてないわ」

「沢田さんが、死んだらしいということについて、彼女は、どういっていたのかね？」

「ただ、びっくりしたって、いってたけど」

と、アケミは、いった。

どうも、頼りない証言だった。他のホステスにも、きいてみたが、同じようなものだった。

8

「どうも、嫌な予感がするねえ」

と、十津川は、店を出てから、亀井に、いった。

すでに、夜の十二時に近い。

「マヤこと、中川まゆみのことですか？」

「そうだ。無事に、帰って来てくれると、いいんだが」

「誰かに、狙《ねら》われていると？」

「十月五日、沢田は、青函連絡船から、突き落とされて死んだとする。犯人が、西本刑事でなければ、他に、いるわけだよ。中川まゆみは、その犯人を、知っているんじゃないかね？」

「或《あ》いは、彼女自身が、犯人だということも、ありますよ。一緒に、北海道へ旅行しようと、沢田にいわれて、同行したが、連絡船の中で、ケンカになった。写真で見ても、彼女は、気が強そうですからね。カッとして、突き落としたのかも知れません」

と、亀井は、いった。

「その可能性もあるが、犯人を知っているとすると、狙われるんじゃないかと、思うんだよ」

と、十津川は、いった。

「まさか、彼女、青函連絡船に、乗りに行ったんじゃないでしょうね？」

亀井が、難しい顔で、十津川を見た。

「私も、まさか――と思うが」

その、まさかが、時々、起きるのだ。そして、後で、ほぞを噛《か》む。

「一度は、西本刑事を連れて、青函連絡船に乗ってみる必要はあると、思っていたんだがね」

と、十津川は、いった。

「それを、早めますか」

「しかし、彼女が、青函連絡船に乗りに行ったとしてだが、青森と、函館のどちらから乗る気だろうか？　列車に遅れて、途中で、乗りかえるというわけには、いかないからね」

「もし、沢田正也と関係があって、そのせいで、彼女が、青函連絡船に乗る気でいるとすれば、十月五日の沢田と同じように、青森側から乗ると思いますね。同じ時刻の連絡船にです」

と、亀井は、いってから、

「しかし、われわれは、万全を期して、青森、函館の両方から、乗ってみたら、どうでしょうか？」

「そうするか。私と西本君は、青森側から乗る。君は、函館側から乗ってみてくれ」

「何時の便にしますか？」

「明日一番の飛行機で、それぞれ、現地に飛び、青森と、函館で、監視することにする。彼女を見つけたら、その便に乗ってくれないか」

「もし、彼女が、現われなかったら、どうしますか？」

「私は、最後の便に乗る。十月五日と同じようにね。君は、その時は、函館で、待っていてくれればいい」

「心配なのは、彼女が、すでに、青森か、函館に着いてしまっているかも知れないことです。われわれが、明日一番の飛行機に乗っても、その前の青函連絡船に、乗ってしまうかも知れません」

と、亀井は、いった。

「それは、ＪＲの青森と、函館駅に頼んで、明朝から、乗船する客を、調べて貰うよ。

乗船客全部を、チェックすることが出来るかどうか、わからないがね」
と、十津川は、いった。
青函連絡船の時刻表は、次の通りだった。

青森→函館
五・二五→九・一五
七・三〇→一一・二〇
一〇・一〇→一四・〇五
一二・一〇→一六・〇五
一五・〇〇→一八・五〇
一七・〇五→二〇・五五
一九・五〇→二三・四五
〇・三〇→　四・二五

函館→青森
七・二〇→一一・一五
一〇・一〇→一四・〇五

一二・一五→一六・一〇
一五・〇〇→一八・五五
一七・〇〇→二〇・五五
一九・四五→二三・三五
〇・一〇→　四・〇五
〇・四〇→　四・三〇

この他にも、時々、臨時便が出ている。

十月五日に、事件があったのは、この中の青森発一九時五〇分の便である。

十津川は、深夜だったが、ＪＲの青森と、函館の駅に電話をかけ、乗船客のチェックを、要請した。

中川まゆみの写真を引き伸ばし、それを、電送し、名前も告げたが、それだけで、完全に、チェックできるかどうか、わからない。

彼女は、偽名で乗船するかも知れないし、おそらく今日は、青森か、函館に一泊して、明日の船に乗るだろうと思っているのだが、今日中に、さっさと、乗ってしまっているかも知れないのだ。

管理人の話だと、中川まゆみは、午後五時頃、阿佐谷のマンションを出ている。

東京↓青森の飛行機は、一七時一〇分が最終だから、間に合わないが、東北新幹線を、利用したかも知れない。

上野《うえの》発一八時〇〇分の「やまびこ79号」に乗れば、二一時二一分に、盛岡《もりおか》に着く。ここから、盛岡発二一時三六分の特急「はつかり27号」なら、〇時〇六分に、青森に着き、〇時三〇分の連絡船に乗れるのである。

東京にいる十津川には、焦《あせ》っても、どうしようもないことなので、連絡を終えたあとは、明日に備えて、警視庁の中で、眠ることにした。

翌朝、十津川は、亀井と、西本を連れて、羽田《はねだ》に、向かった。

青森行の第一便は、八時〇五分。函館行は八時一〇分に出発する。

十津川は、亀井に、連絡を緊密にしようと、確認しておいてから、西本と、青森行のDC—9に、乗り込んだ。

青森まで、一時間十分の旅である。

雲が多く、気流が悪いのか、かなりゆれて、高所恐怖症の十津川は、冷や汗をかいて、青森空港に、おり立った。

さすがに、寒い。

今年は、雪が少ないということだったが、空港周辺は、白一色だった。昨日から、やっと、冬らしくなったという。

二人は、バスで、青森駅に向かった。

着いたのは、午前十時少し過ぎだった。亀井も、すでに、函館に着いている筈だった。

十津川は、駅に着くと、すぐ、駅長に会って、協力の礼を、いった。

平松《ひらまつ》という駅長は、助役に、メモを持って来させて、

「今までのところ、函館行の連絡船に、中川まゆみという女性の乗客は、いませんね」

と、いった。

間もなく、一〇時一〇分の便が、出港するが、この船にも、乗船名簿に、中川まゆみの名前は、ないという。

「函館の方は、どうでしょうか？」

と、十津川が、きくと、平松駅長は、すぐ、電話を入れてくれた。

函館の辻《つじ》駅長は、こちらの質問に対して、

「昨日から今日にかけて、中川まゆみという乗船客は、まだ、見つかっていません」

と、いった。

「そちらに、警視庁の亀井刑事が、着きましたか？」

と、十津川が、きくと、

「五分前に、着かれています」

と、辻駅長がいい、亀井の声に、代わった。

「今、乗船名簿を見せて貰っているところです」

と、亀井が、いった。

「また、連絡する」

と、十津川は、いってから、平松駅長に向かって、

「偽名で、乗船したかも知れませんね」

「大丈夫です。船員には、そちらから送られて来た顔写真のコピーを持たせて、船客を調べて貰っています。偽名で乗っても、わかりますよ」

と、平松は、いった。

十津川と、西本は、函館行の連絡船への乗船口近くで、監視に当たることにした。

一二時一〇分発の便にも、中川まゆみの姿も、名前もなかった。

次の船は、一五時〇〇分で、三時間近い余裕があったので、二人は、駅の構内にある食堂で、昼食を、とった。

「中川まゆみという女は、本当に、青函連絡船に、乗るんでしょうか？」

と、焼肉定食をとりながら、西本が、きいた。

「わからんよ。ただの勘だからね。ひょっとすると、彼女は、今頃、ハワイ辺りで、のんびり日光浴をしているかも知れん」

十津川は、正直にいった。むしろ、その可能性の方が、強いのだ。

「では、無駄足かも知れないんですか？」

「いや、彼女が現われなくても、私は、君と、一九時五〇分発の船に乗る。十月五日に、君が、乗った便だ。もう一度、乗れば、君が、沢田という男について、何か、忘れていることを、思い出すかも知れんからね」

と、十津川は、いった。

「私のために、申しわけありません」

西本は、箸《はし》を持ったまま、ぺこりと、頭を下げた。

「いいさ。私も、青函連絡船が消える前に、乗りたかったんだ」

と、十津川は、笑った。

一五時〇〇分発の船にも、中川まゆみは、乗らなかった。

函館の方も、同じだった。一二時一五分、一五時〇〇分と、二隻の連絡船を、亀井は、見送ったが、どちらにも中川まゆみは、乗っていないという。

「彼女は、今度の事件に、関係ないのかな」

十津川は、自信を失って、呟いた。

「私も、ひょっとすると、黒川が、犯人なんじゃないかと、思うんですが」

と、西本が、いう。

「自分が、船の中で、沢田を殺しておいて、君に罪をなすりつけたということかい？」

「そうです」

「しかし、動機が、わからないね。黒川が、沢田を殺す動機がだよ。今まで、神奈川県警と一緒に調べた限りでは、黒川と、沢田との間に、何の関係もないんだ。それに、去年の十月五日に起きた事件なのに、今年の一月になって、突然、君の名前を出したりした理由も、わからん」

9

一七時〇五分発の船にも、中川まゆみは、姿を見せなかった。

残るのは、一九時五〇分の便である。

午後五時を過ぎると、もう、周囲は、暗くなってくる。

おまけに、白いものが、舞い始めた。

「とにかく、一九時五〇分の船には、乗るぞ」

と、十津川は、西本に、いった。

乗船は、出港の二十分前からである。三十分前には、もう、待合室に、列が出来ていた。

間もなく、この連絡船が消えるというので、極端に減っていた乗客が、急に、また、増えたのだという。

列に並ばずに、テレビを見ている人たちもいる。

乗客が増えてきたといっても、定員が、普通席九七〇席、グリーン席二九六席もあるのに、今、待合室にいるのは、二〇〇人足らずである。

十津川も、西本と、待合室に入って行ったが、急に、眼を光らせて、

「いたぞ」

と、西本に、小声で、囁《ささや》いた。

テレビを見ている乗客の中に、中川まゆみがいたのだ。

間違いなく、写真の女である。

(やはり、青函連絡船に、乗りに来たのだ。しかも、十月五日に、事件のあった便に)

と、十津川は、思い、緊張した。

「捕まえますか?」

と、西本が、きく。

十津川は、首を横に振った。

「彼女が、沢田を、海に突き落とした犯人かどうか、証拠もない。なぜ、今日、青函

連絡船に乗るのかもわからん。だから、しばらく、様子を見てみよう」

「わかりました」

と、西本も、緊張した顔で、肯いた。

十月五日と同じ、十和田丸だった。

約五四〇〇トン、五重のデッキを持ち、全長一三二メートル、全幅一八メートルと、大きい。

二十分前になって、乗客が、一斉に、乗船を始めた。十和田丸の事務長たちが、入口で、迎えてくれる。

十津川と、西本は、函館の亀井に電話しておいて、中川まゆみの後から、乗船した。

まゆみは、大きなバッグを下げている。何が入っているのかわからないが、こういう大きなバッグが、流行なのか。

彼女は、グリーン席の前方にある指定席に腰を下ろした。ひとりがけのリクライニングシートで、足を乗せる台もついている。

十津川と、西本も、近くに、席をとった。

二〇〇人近い乗客も、広い船内に入ってしまうと、ぱらぱらとしか、見えなかった。

やがて、蛍《ほたる》の光《ひかり》の曲が流れ、十和田丸は、夜の青森を出港した。

まゆみは、カメラを下げて、グリーン席を離れ、物珍しげに、船内を、歩き廻った。

十津川と、西本も、彼女の後から、船内を歩くことになった。

間もなく、この連絡船が消えるというので、記念切符や、テレホンカードなどを、売っている。

自分の手帳に、記念スタンプを押している子供もいた。

まゆみは、グリーン船室の一角に作られた「海峡《かいきょう》」という喫茶室に入った。

ソファの置かれた、サロン風の喫茶室である。

窓の外には、暗い中に、今、出港して来た青森の町の灯が、チカチカ、またたいているのが見える。

まゆみは、コーヒーを頼んでから、窓の外の夜景に向かって、カメラのシャッターを、切っている。

十津川と、西本も、近くのテーブルに腰を下ろして、コーヒーを頼んだ。

「あの日も、ここで、黒川という男と、飲んでいたら、酔った男が、絡んできたんです」

と、西本が、いった。

「ここは、酒もあるんだね」

「そうです。コーヒー&ワインと、看板にも書いてあります」

「その中年男、沢田だが、かなり、酔っていたんだね？」

「そうです。酔っ払っていました」

「君が、笑ったのを、自分が笑われたと、勘違いして、殴りかかって来た？」

「はい」

「その時は、黒川が止めて、一応、おさまったんだね？」

「そうです」

「沢田は、納得したようだったかね？」

「いえ、文句をいいながら、ここを出て行きましたよ」

「そのあとで、誰かが、夜の海に、突き落としたか？」

「私じゃありません」

「わかってるさ」

と、十津川は、いったあと、西本に、まゆみを監視させておいて、自分は、普通船室の近くにある公衆電話へ、歩いて行った。

ここからは、全国各地に、電話が出来る。

十津川は、函館駅にかけ、亀井を、呼び出して貰った。

「あと、三時間足らずで、函館に着くよ」

「中川まゆみは、どうしていますか？」

「今、喫茶室で、コーヒーを飲んでいる。西本君が、見張っている」

「彼女は、なぜ、今、青函連絡船に、乗ったんですかね？」

と、亀井が、きいた。

「これは、単なる推理だがね。十月五日、沢田は、彼女と一緒だったんじゃないかと、思うんだよ」

「奥さんに内緒で、女と旅行というわけですかな」

「そうだ。沢田は、現金で、一億円も、銀行から、借りている。それを、惚《ほ》れた女のまゆみに、注《つ》ぎ込んだんじゃないかな。ところが、連絡船の中で、ケンカになった。面白くない沢田は、酒を飲んで、西本刑事に、八つ当たりした」

「なるほど」

「そのあと、沢田は、彼女に向かって、金を返せとでも、いったんだ。彼女には、返す気はない」

「それで、沢田を、甲板から、海に突き落としたということですか？」

「十月なら、まだ寒くないから、二人は、甲板で、話していたかも知れないし、酔っている相手なら、女でも、突き落とせるんじゃないかね」

「それで、今日は、何をしに、連絡船に乗ったんでしょうか？」

「十月五日の事件が、急に、新聞に取りあげられたりしたので、犯人の彼女としては、もう一度、連絡船に乗って、確認したかったんじゃないかね。自分が、捕まったとき、うまく、弁明できるかどうかをね」

と、十津川は、いった。

「なるほど。あり得ますね」

「この船は、二三時四五分に着く。それまでに、ホテルを、予約しておいてくれないかね。今日は、函館で、泊まることになるから」

と、十津川は、頼んだ。

10

十津川が、戻ると、まゆみは、まだ「海峡」にいた。

煙草《たばこ》を吸い、じっと、窓の外を見つめている。

(何を考えているのだろうか?)

と、十津川が、思ったとき、まゆみは、急に、煙草を消して、立ち上がった。

また、船内を歩き廻る。普通船室を覗《のぞ》いたり、売店で、夜食にするのか、弁当を買ったりしている。

次は、ゲームコーナーへ。

「何をしてるんですかね?」

と、西本が、小声で、きいた。

「沢田が、突き落とされたと思われる時間は、どこにいたことにすれば、一番いいか、それを調べているのかも知れんな」

と、十津川は、いった。他に、ちょっと、考えようがなかったからである。

急に、船が、ゆれ始めた。

陸奥《むつ》湾を出て、津軽《つがる》海峡へ出たのだろう。

まゆみも、グリーンの自分の席に戻った。座席を倒し、眼を閉じている。

そのまま、眠ってしまったのか、動かない。

「君も、少し休め」

と、十津川は、西本に、いった。

まさか、自責の念から、彼女が、夜の海に、身を投げて、死んだりはしないだろう。

このまま、函館へ行く気に違いない。

そう思ったせいか、つい、うとうとして、十津川は、西本に、起こされた。

「中川まゆみが、いません」

と、西本が、いった。

「いない？」

十津川は、グリーン席に眼をやった。なるほど、彼女の姿がない。

彼女のいた席には、売店で買った弁当と、味噌汁《みそしる》が、置いてあった。

「また、船内を散歩してるんだろう。そうじゃなければ、トイレにでも行ったか」

と、十津川は、いった。

函館に着くのは、一時間半後である。

まゆみは、なかなか戻って来なかった。

十津川は、次第《しだい》に、不安になってきた。

「手分けして、捜《さが》してみよう」

と、十津川は、いった。

西本と別れて、十津川は、船内を、捜し廻った。

普通船室の桟敷《さじき》席では、さっきは、マージャンをやっていた若者たちが、もう、眠っていた。

グリーン船室の喫茶室にも、ゲームコーナーにも、彼女の姿は、なかった。

シャワールームや、女子トイレは、覗けないので、外で見ていたが、いつまでたっても、彼女は、出て来なかった。

甲板にも、出てみた。

風が、刺すように、冷たい。青森の町の灯も、もう見えない。

甲板にも、まゆみは、いなかった。

「見つかりません」

と、西本も、青い顔で、いった。

十津川の顔も、青ざめていた。まさかと思うが、海に、身を投げたのかとも、考えたりした。

「とにかく、函館で、しっかり見張るんだ」

と、十津川は、西本に、いった。

十一時三十分頃になると、函館の灯が、見えて来た。

船も、ゆれが消えた。

船内に、音楽が流れ、あと、十分で、函館に着くというアナウンスがあった。

「いいか。われわれが、まっ先に下船して、中川まゆみが、おりて来るのを待つんだ。彼女は、必ず、この船内にいる筈だからね」

十津川は、自分にいい聞かせるように、西本に、いった。

十和田丸が、静かに接岸し、改札が始まると、十津川と、西本は、素早く、船からおり、そのまま、改札口を、監視した。

ぞろぞろと、他の乗客が、おりて来る。

寒そうに肩をふるわせている乗客もいれば、眠たげな様子の子供もいる。間もなく、真夜中なのだ。

十津川は、一人一人の乗客の顔を、じっと見つめた。

中川まゆみは、現われない。

家族連れが、おりて来て、それで、終りだった。

改札が、閉められた。

「ちょっと、待って下さい。もうひとりいる筈です」

と、十津川はいい、西本と一緒に、船内に、戻った。

船員たちにも頼んで、船内を、捜し廻った。

女子トイレや、シャワールームも、遠慮なく開けて、覗いてみた。

だが、見つからなかった。

船内の清掃が始まってしまった。この十和田丸も、すぐ、青森に向かって引き返すことになるからである。

「いませんね」

と、西本が、疲れた顔でいった。

十津川には、わけがわからなかった。

(自殺してしまったのか？　それとも、何者かに、海に、突き落とされたのか？)

そう考えるより仕方がないのだが、どうにも、納得が出来なかった。

自殺するような顔には、見えなかったし、といって彼女を狙っている犯人らしい人物は、見なかったからである。

十津川と、西本は、諦《あきら》めて、函館駅の駅舎に向かった。

十津川は、電話で話した、函館駅の辻駅長に会った。

まず、協力の礼をいってから、

「亀井刑事は、どこにおりますか？」

と、きいた。函館駅で、待っている筈の亀井の姿が、見えなかったからである。

「ホテルに、十津川さんたちの部屋を予約に行くといって、出られましたが、少し、遅いですね」

辻駅長は、時計に眼をやって、首をかしげた。

「何時頃、出かけましたか？」

「一時間ほど前ですよ。駅の傍《そば》のホテルなんですが、どうしたのかな」

「ホテルの名前を教えて下さい」

と、十津川は、いい、名前をきいて、西本と、駅を出た。

駅前の商店街は、すでに、灯が消え、広告の明りだけが、勝手に、点滅している。

問題のホテルは、駅前に、あった。

歩いても、七、八分なのに、なぜ、亀井は、戻って来ないのだろうか。

そんな疑問を感じながら、ロビーに入って行くと、亀井が、柱のかげから現われて、寄って来た。

「何をしてるんだ？　カメさん」

と、十津川が、きいた。

亀井は、ちらりと、エレベーターの方に眼をやってから、

「面白い人物が、泊まっているので、監視していたんです」

と、小声で、いった。

三人は、ロビーの隅《すみ》に行き、腰を下ろした。

「面白いって、誰だね？」

「本田です。沢田正也の同業の」

と、亀井が、いった。

「ああ、製パン会社の社長のか」

「そうです。われわれが沢田のことを、いろいろと、聞きに行った男です」

「その男が、このホテルに、泊まっているのかね？」

「さっき、警部と西本刑事の部屋を予約しに来たとき、見かけたんです。間違いなく、あの男です」

「君は、見られたかね？」

「いや、丁度《ちょうど》、彼がエレベーターに、乗ろうとしているところでしたから、大丈夫で

す」

「本田は、何しに、函館に来たんだろう？」

「わかりませんが、気になります。フロントの話では、今日の午後二時頃に、チェックインし、そのあと、どこかに出かけ、今、帰って来たというんです」

「まさか、函館の市内見物をしていたわけでもないだろうが」

「そちらは、どうでした？　中川まゆみは、無事に、函館に着きましたか？」

と、亀井が、きく。

「それが、消えてしまったんだ」

「消えたって、殺されたんですか？　沢田と同じように、海に、突き落とされて」

「わからん。が、消えたよ」

「まさか、本田が、殺したんじゃないでしょうね」

「どうやって？」

「本田は、ここに、午後二時に、チェックインしています。すぐ、青函連絡船に乗って、青森に向かい、問題の十和田丸に乗り込む。そして、函館へ戻るまでの間、甲板に、誘い出して、彼女を殺し、何くわぬ顔で、十和田丸をおりて、このホテルに戻ってくる。時間的に可能じゃありませんか？」

「君が、このホテルに来たのは、何時だね？」

「午後十一時五分です」

「その時、本田を見たんだろう？」

「そうです」

「それなら、本田に、中川まゆみは、殺せないよ。十和田丸が、函館に着いたのは、一一時四五分だからね。それに、船内を、捜して歩いたが、乗客の中に、本田は、いなかった」

と、十津川は、いった。

「とすると、いぜんとして、本田が、何のために、函館へ来たか、謎ですね」

西本が、いった。

「直接、会って、話を聞いたら、どうですか？」

「事件に関係して来たのなら、惚《とぼ》けるだけだよ。とにかく、中川まゆみが、十和田丸から消えた時に、函館に来ているのは、何かあると思わなければならない。しばらく、監視してみよう」

と、十津川は、いった。

三人は、このホテルに、泊まるので、フロントに、本田が、外出するようなら、何時でも知らせてくれるように頼んだ。

シングルと、ツインの部屋を頼んであったが、三人は、ツインの部屋に、集まって、夜を明かすことにした。

　本田の動きが、どうなるか、わからなかったからである。

「私には、どうしても、中川まゆみが、消えた理由が、わかりません」

　と、西本が、興奮した口調で、いった。

「消えたわけではなくて、われわれが、見つけられなかっただけだと思うね」

　と、十津川は、いった。

「彼女が、犯人で、海に投身自殺したってことも、考えられませんか？」

「どうだかね。自殺するようには、見えなかったが」

　と、十津川が、いった時、電話が、鳴った。

　亀井が、受話器を取った。

「フロントです」

　と、相手は、声をひそめて、いった。

「本田が、外出するんですか？」

「そうです。車で、出かけるようです」

　と、フロントが、いった。

　十津川は、顔色を変えた。

「車？　彼は、車を持っているんですか？」

「外出された時、レンタ・カーを借りて来られたらしいんです。今、駐車場の方へ、行かれました」

「レンタ・カーか」

と、十津川は、呟いてから、

「すいませんが、ホテルの車を、貸して貰えませんか」

「ライトバンしかありませんが」

「それで、結構。お願いします」

と、十津川は、いい、亀井たちを促《うなが》して、部屋を出た。

11

ホテルが、ライトバンを、表に廻しておいてくれた。

十津川たちが、乗り込んだとき、本田の運転するレンタ・カーの白いカローラが、駐車場から、出るところだった。

西本が、運転しながら、

「こんな夜遅く、どこへ行く気ですかね?」

と、前を走るレンタ・カーを、見つめた。

十津川は、腕時計を見た。
午前一時を廻っている。暗い窓から、白いものが、舞いおりてくるのが見えた。
確かに、こんな夜更《よふ》けに、いったい、どこへ行こうというのだろうか？
ホテルを出た白いカローラは、まっすぐ、駅に向かった。
が、函館駅は、もちろん、まだ、眠っている。
カローラは、右に折れ、スピードを落として、走る。
人通りは絶えていた。タクシーが、時々、走っているが、車の往来も、少ない。
粉雪は、ほとんど、積らずに、風に舞っていた。
急に、前方を行くカローラが、とまった。
五、六メートル離れて、西本も、車をとめた。
本田の車がとまったのは、線路脇にある深夜スナックの前だった。
本田が、車からおりて、そのスナックに入って行った。
「ここで、何か食べるために、こんな時間に、ホテルを出て来たのかね」
十津川が、呆《あき》れた顔で、いった。
店に入った本田は、なかなか、出て来なかった。
十津川は、前方を注意しながら、煙草をくわえて、火をつけた。
亀井も、気持ちを落ち着けようとして、煙草に火をつけている。

三十分ほどして、本田が、店から出て来た。驚いたことに、白いミンクのコートを着た女と一緒だった。

「どういうことですかね？　これは」

と、亀井が、いう。

十津川は、じっと、ミンクのコートの女を見つめていたが、

「あれは、中川まゆみだよ」

「しかし、服装が違います。グレーのコートを着ていた筈です」

と、西本が、いった。

「着がえたんだ」

と、十津川が、いった。

その間に、本田の車は、女を助手席に乗せて、走り出した。

西本は、ライトバンを、スタートさせてからも、

「違うような気がしますがねえ。あんなミンクのコートに、どこで、着がえたんですか？　函館に着いたのは、夜の十二時近かった筈ですよ」

「本田が、大きなバッグを持って、出て来たんだ。あのバッグに見覚えがある。中川まゆみが持っていたものだよ。多分、あの中に、ミンクのコートを押し込んでいたんだ」

「しかし、なぜ、そんなことを?」

「わからんよ」

「第一、連絡船の船内で消えた女が、どうして、あのスナックにいたんですか?」

と、西本が、いった。

「私にもわからんさ」

十津川は、面倒くさそうに、いった。

本田の白いカローラは、函館港の海岸沿いに、走って行く。

右手に、函館の市街の灯が見え、左側は、港である。

停泊している船の灯が、流れて行く。

途中から、カローラは、更《さら》に、左に折れて、国道228号線に入った。

左に折れなければ、江差《えさし》方面に出る。

カローラは、海岸沿いに、走り続ける。別に急ぐでもなく、ゆっくりした走り方だった。

「このまま進むと、どこへ出るんだ?」

と、十津川が、きくと、亀井が、ホテルで貰った観光地図を広げて、

「今、松前《まつまえ》線沿いに走っていますから、このまま走れば、松前です。青函トンネルの北海道側の入口にも、行きますよ」

と、いった。

「まさか、この真夜中に、トンネルの入口を見に行くわけじゃないだろう？」

「そうですね。温泉がいくつかありますね。湯《ゆ》ノ岱《たい》温泉、湯《ゆ》ノ里《さと》温泉、知内《しりうち》温泉、松《まつ》浦《うら》温泉――」

と、亀井が、並べていった。

「いい気なもんですね。女を連れて、温泉ですか」

運転している西本が、文句を、いった。

「いや、温泉へ行くんじゃないだろう」

と、十津川は、いった。

「しかし、この真夜中に、他に行きそうな所は、この先には、ありませんよ」

亀井が、いう。

「温泉なら、函館の近くに、いくらでも、有名な温泉があるじゃないか。例《たと》えば湯《ゆ》の川《かわ》温泉だ。あそこなら、函館の傍だろう？」

「車で、十五分ぐらいですね」

「じゃあ、松前ですかね。松前なら、城とか寺とか、観光するところが、ありますよ」

と、西本が、いった。

「ゆっくり走って、夜明けに、松前に、着く気かね？」

「私だったら、松前より、函館の町の方に、興味がありますがね」

と、亀井が、いった。

「ちょっと、地図を見せてくれ」

と、十津川はいい、亀井から受け取った地図を、じっと見つめた。

本田のカローラは、国道228号線を、ひたすら、南下して行く。湯ノ里温泉、知内温泉と、通り過ぎてしまった。

このまま走れば、確かに、松前半島の先端の町、松前に着く。

だが、十津川には、彼等《ら》が、松前に行くとは思えなかった。行きたければ、夜が明けてから行けばいいのだ。第一、折角《せっかく》レンタ・カーを借りたのに、真夜中に走ったのでは、景色を楽しめないではないか。

「向こうが、とまりました」

と、急に、あわてた声で、西本が、いった。

「抜いてから、こっちも、とまるんだ」

西本に、十津川が、指示した。

白いカローラが、道路端に、とまっている。

こっちの車は、ゆっくり、相手を抜いてから、とまった。

十津川が、振り向くと、カローラは、Uターンして、引き返して行く。

西本も、車をUターンさせた。

「また、函館に引き返すんですかね？」

「違うだろう。多分、道を間違えたんだ」

「というと、江差へ抜ける気だったんですかね」

と、西本が、いう。

途中で、松前半島を横断し、日本海側へ抜ければ、江差の町である。

だが、白いカローラは、その分岐《ぶんき》点までは、戻らなかった。

「また、とまりました」

と、西本がいい、今度は、かなり手前で、こちらの車をとめた。

「ライトを消すんだ」

と、十津川が、いった。

そうしておいて、十津川は、じっと、前方にとまっている白いカローラを、見つめた。

「本田は、地図を見ているみたいですね」

と、亀井も、首を伸ばして、カローラを見つめながら、いった。

「やっぱり、道を間違えたみたいですね」

と、西本が、いう。

「女は、どうしている？」

十津川が、きいた。

「わかりませんが、何か飲んでるみたいですね。ブランデーか何か飲んでるんでしょう。こっちが、やきもきしてるのに、畜生《ちくしょう》！」

と、西本が、舌打ちをした。

十津川は、また、じっと、地図に眼をやった。

「動き出しました。が、今度は、小谷石《こたにいし》海岸の方へ行く道に入りますよ」

と、西本が、いった。

西本のいう通り、白いカローラは、国道を離れ、崖《がけ》のある海岸への細い道に、のろのろと、入って行く。

「わかったぞ！」

と、突然、十津川が、叫んだ。

12

「この地図を見ろ」

と、十津川は、隣りに腰を下ろしている亀井に、いった。

「何が、わかったんですか？」

と、亀井が、きく。

「本田が、やろうとしていることだよ。この松前半島の津軽海峡沿いの海岸から、中川まゆみを、突き落とす。女は溺死《できし》して、海岸に流れつくだろう。丁度、沖合いを、青函連絡船が走っている。みんなは、どう思うかな？　女は、青函連絡船から、消えた乗客なんだ」

と、十津川は、いった。

「彼女は、青函連絡船から身を投げ、死体が、この海岸に流れついたと、考えますね」

「そうだよ。しかも、本田は、その連絡船に乗っていなかったんだから、アリバイがあることになる」

「本田は、それを狙っているんでしょうか？」

「他には、考えられないね。もちろん、海へ突き落とすときは、白いミンクのコートを脱がせ、連絡船に乗るときに着ていたグレーのコートに着がえさせるんだろう。そうしないと、彼女を、さっきのスナックの人間が、ミンクのコートの女として、覚えているだろうからね」

と、十津川が、いった時、西本が、

「カローラが、とまりました」

と、いい、こっちの車も、とめた。

海へ落ちる崖上の道路で、他に、車の気配はなかった。

こちらは、ヘッドライトも、車内灯も、消して、向こうの様子を窺《うかが》った。

車から、本田がおりて来て、崖の下を、覗き込んでいる。

風が鳴っているのが、車の中にいても、わかる。

次に、本田は、助手席のドアを開け、女の身体《からだ》を、引きずり出した。

白いミンクのコートを着た女は、なぜか、ずるずると、だらしなく、車から、滑《すべ》り落ちてくる。正体がないみたいに思える。

(毒殺でもされたのか？)

と、十津川が、思っているうちに、本田は、車のライトの中で、女のミンクのコートを、脱がせ始めた。

次に、車の中から、グレーのコートを取り出して、着せている。

(予想どおりだが、中川まゆみは、どうしてしまっているのだろうか？　死んでいるのか？)

本田は、今度は、女の両手をつかんで、崖のところへ引きずり出した。

「よし。行くぞ！」

と、十津川は、いい、西本に、車のヘッドライトを、つけさせた。

二本の光芒《こうぼう》が、突然、本田と、中川まゆみを、とらえた。

その光の中で、本田が、狼狽し、立ち上がって、こっちを見ている。

十津川たちは、車から飛び出して、本田の傍へ、走り寄った。

「前に会ってるが、改めて、自己紹介する。私たちは、警視庁捜査一課の人間だ」

と、十津川は、本田に向かって、いった。

本田は、何をいっていいかわからないという顔で、ぼうぜんと、十津川たちを、見つめている。

「警部。女は、どうやら、睡眠薬を飲んでいるようです」

と、亀井が、中川まゆみを抱きあげて、十津川に、いった。

「君が、飲ませたのか？」

と、十津川は、本田を睨んだ。

本田は黙っている。西本が、車の助手席から、ブランデーの瓶を見つけた。

「これを、さっき、彼女が、飲んでいたんだと思いますが、恐らく、この中に、睡眠薬を、入れておいたんでしょう」

と、西本が、いった。

本田が、へなへなと、地面に、座り込んでしまった。

その顔に、容赦《ようしゃ》なく、粉雪が、飛んで来て、ぶつかる。

「全部、話してくれないかね？」

と、十津川は、自分も、しゃがみ込んで、本田に、いった。

13

本田が、自供したのは、函館のホテルに連れて帰り、熱いコーヒーを、飲ませてからである。

本田の自供は、次のようなものだった。

本田は、昔から、中野で、製パン工場を、やってきた。

同業者の沢田正也とは、二十年近いつき合いだった。

製パンの仕事は、順調だった。が、片岡製パンという大手が、進出して来てから、急速に、業績が悪化していった。

片岡製パンに負けまいとして、借金をして、設備を新しくしても、一時的に、良くはなっても、また、赤字になった。

更に、銀行からの借金の支払いも、加わってきた。

どうしても、あと一億円欲しかった。この際、製パンの仕事をやめ、他に転向するにしても、まとまった資金を、必要とした。

折りしも、空前の土地ブームになった。もし、本田の土地の敷地三百坪が、彼のものなら、銀行は、喜んで、一億でも、二億でも、貸してくれたろう。

ところが、残念なことに、借地だった。製パン業を、あそこで始めた時、安く、土地を手に入れることも出来たのに、こんな土地の高騰《こうとう》があると思わず、借地のままにしてあったのである。

ほぞを嚙んだが、もう間に合わない。

本田が考えたのは、沢田から、借りることだった。

沢田は、自分の土地に、工場を建てている。その土地は、今なら何十億だろう。一億円ぐらい貸してくれてもいいのだと思い、沢田に、頼んだ。

人の好《い》い沢田は、本田のために、銀行から、一億円を、借りてくれた。

本田が、面子《メンツ》もあるし、友人から借金したといわれるのが嫌だから、わからないようにに貸して欲しいというと、沢田は、わざわざ一億円を、現金で、渡してくれた。

だが、この時点で、本田は、沢田を殺すことを、考えたわけではなかったし、毎月百五十万ずつ、きちんと、返していた。

だが、その返済も、苦しくなってきた。本田が、百五十万を払わないと、沢田が代わりに、銀行に払っていたが、人のいい彼も、さすがに、怒り出すようになった。

「その頃から、沢田正也を、殺そうと考えるようになったのかね？」

と、十津川が、きくと、本田は、肯いた。

「十月五日に、二人で、青函連絡船に乗りに行くことになったとき、殺すことを、はっきりと、考えました」

と、本田は、いった。

連絡船の中でも、沢田は、本田が、借金を返さないことを非難し、口論となった。

人の好い沢田は、それでも、本田を殴ったりすることが出来ず、ひとりで、酔い、他の乗客に絡んだ。

その相手が、西本刑事だったのである。

本田は、その様子を見ていたが、もちろん、沢田がケンカしている相手が、現職の刑事とは、知らなかった。

ただ、酒癖のよくない沢田が、他の乗客に絡んで、ケンカしているなと、思っただけである。

本田は、その光景を盗み見ている中《うち》に、今、沢田を海に突き落としたら、どうだろうかと考えた。

借用証は、沢田が、今、持っているし、彼は、奥さんにも、一億円のことは、話してないと、いっていた。

借用証を奪って海に突き落としたら、ケンカ相手が、カッとしてやったと、思うのではないか。

一億円のことが、表沙汰《おもてざた》にならなければ、自分が疑われることはあるまいと、本田は、計算した。

夜遅く、沢田が、酔いをさますといって、遊歩甲板に出かけた。追いかけて行き、介抱《かいほう》するふりをし、誰も見ていないのを見すまして、突き落とした。

そのあと、沢田のボストンバッグから、借用証を盗《と》り、何食わぬ顔をして、函館で、連絡船をおりてしまった。

最初、沢田は、行方不明といわれ、自殺したのではないかという噂もあった。で、本田は、全く疑われなかった。

動機が見つからなかったからである。

年が明けてから、突然、新聞に、沢田のことが出て、本田は、びっくりした。傷害で捕まった男が、去年の十月五日に、現職刑事が、青函連絡船の中で、ケンカをした沢田を、海に突き落としたと証言したというのである。

あの男が刑事だったのかと、本田はびっくりした。

同時に、黒川という男の証言が、嘘であることも、本田には、わかっていた。どうせ、自分の罪をまぬがれたくて、黒川は、嘘をついたのだろう。

それは、どうでもよかったが、困ったのは、警察が、十月五日の件を、また、調べ始めたことだった。

本田のところにも、十津川と亀井の二人がやって来た。

警察は、あれを殺人と思っているようだが、動機がわからなくて困っているらしかった。

本田は、不安になった。いつか、一億円のことが、わかってしまい、自分が逮捕されるのではないかという不安だった。

そんな時、電話で、十津川警部が、沢田の行きつけのクラブのことを、きいてきた。

本田は、警察が、女性関係で、沢田が殺されたのではないかと、考えているらしいと、察した。

沢田が親しくしていたのは、中川まゆみである。

もし、今、彼女が、同じ青函連絡船から、海に飛び込んで、自殺したら、警察は、どう思うだろう？

一億円は、彼女のために使われ、それが、原因で、彼女が、十月五日に、沢田を、殺したと思うのではないか？

実は、十月五日に、北海道へ行くとき、沢田が、まゆみを誘ったのだが、四、五、六日と、休んで、行かなければならない用事があるから、行けないと、断わられていたことも、思い出したのである。警察は、まゆみが、偽名で、十月五日に、連絡船に乗っていたと、考えるかも知れない。

本田は、まゆみに電話して、一緒に、北海道へ行こうと、誘った。行ってくれれば、二百万小遣《こづか》いをやるというと、まゆみは、すぐ、のって来た。

ただ、条件をつけた。今日中に、青森に行き、明日、一九時五〇分青森発の連絡船に乗って欲しい。そして、船内で、姿を消してくれ。そうすると、みんなが、びっくりする。そうしてくれれば、二百万円渡すと、いった。

「どうやって、彼女は、船内から、姿を消したのかね？」

と、十津川は、本田にきいた。

本田は、急に、得意気な顔になって、

「連絡船の車両甲板には、レールが、四本敷かれていて、貨車が、積み込まれているんです。車両甲板に行く通路は、複雑だが、私は、知っていました。前に、いたずらで、車両甲板におりてみたことがあったからです。私は、まゆみに、その図を見せ、車両甲板に出て、北海道へわたる貨車の中に隠れろといったんです」

「しかし、貨車には、荷物が積み込まれていて、鍵《かぎ》が、掛かっているんじゃないのかね？」

「北海道から、本州への貨車には、じゃがいもなんかが、積み込まれていますが、反対方向の貨車は、空《から》のものが、多いんです」

と、本田は、いった。

彼は、若い時、その空の貨車に、もぐり込んだことがあるとも、いった。

中川まゆみには、服装にも、注意するように、いった。

船内の服と、抜け出してからの服を変えるように、いったのである。

本田は、落ち合う場所を、決めておいた。本田にすれば、どこか、人の気配のない場所で、待っていることにしたかったのだが、まゆみは、寒いのは嫌だといった。それで、線路の脇のスナックにしたのである。

本田は、先に函館に行き、レンタ・カーを借りたあと、まゆみを、突き落とす場所を、探しておいた。

そのあと、ブランデーに、睡眠薬を混入したものを用意し、十二時を廻ってから、しめし合わせておいたスナックに行き、彼女を、拾った。

十津川たちが、尾行していることなど、全く考えていなかった。

十津川たちが、青函連絡船に、乗って来ることも、考えていなかったからである。

睡眠薬入りのブランデーを、車の中で、まゆみに、飲ませた。

全て、計画通りである。

これで、彼女を、海に突き落とせば、溺死するだろう。死体が見つかったら、連絡船から、身を投げて、死んだと、考えるだろう。

ただ、興奮していて、途中で、道を間違え、あわてて、Uターンした。

それでも、うまくいくと思っていたのに、突然、ライトに照らされたときは、何が起きたのかわからず、ぼうぜんとしてしまったと、本田は、いった。

肝心《かんじん》の沢田正也の死体が、見つかったのは、二月に入ってからだった。

（祥伝社文庫『十津川警部捜査行　恋と哀しみの北の大地』に収録）

北の廃駅で死んだ女

1

国鉄時代、北海道の鉄道の長さは、四千キロといわれていた。

ＪＲに変わった現在、その長さは、二千八百キロになった。千二百キロが、消えてしまったのである。

北海道は、赤字ローカル線の多いことで有名だったが、最近になって、そうした路線が、次々に、廃線となっていったのだ。

その中には、名寄《なよろ》本線のように、幹線として期待されているものもあった。消えてしまった列車の代わりに、バスが走っているといっても、寂しいことに、かわりはない。

若い写真家の河西《かわにし》は、まだ、雪の残っている三月二十二日、廃止された天北《てんぽく》線をカメラにおさめたくて、千歳《ちとせ》行の飛行機に乗った。

天北線は、稚内《わっかない》に向かう宗谷《そうや》本線から、途中の音威子府《おといねっぷ》で分かれ、オホーツク側にまわって、稚内に到《いた》る線だった。

一時は、このルートのほうが、宗谷本線と呼ばれたこともあったのに、赤字が続き、平成元年四月限りで、廃止になってしまった。

河西は、この線が好きで、稚内へ行く時、よく、天北線を利用した。今でも、よく覚えているのは、小さな駅が、手入れの行き届いた花々で飾られていることだった。無人駅でも、近くの人々が、ホームに花壇をこしらえていた。それは、訪ねてくる客へのもてなしであると同時に、厳しい冬に耐えている、あの北方の人々の、花の咲く季節への憧《あこが》れだったのだろう。

河西は、千歳空港で、レンタカーを借り、それに乗って、音威子府に向かった。札《さっ》幌《ぽろ》を抜け、岩見沢《いわみざわ》まで、ハイウエイを走り、そのあと、国道12号線を、旭川《あさひかわ》に向かった。

旭川から先は、国道40号線を音威子府まで。見覚えのある音威子府の駅に着いたのは、午後三時過ぎである。

昨日降った雪で、駅も、町も、白く被《おお》われていた。

左にカーブしている宗谷本線のレールは、さすがに除雪されていたが、かつての天北線のレールは、雪に被われたままだった。

その天北線の代わりに、音威子府から、バスが出ている。昔の駅だった中頓別《なかとんべつ》や、浜頓別《はまとんべつ》は、バスターミナルになっていた。

河西は、レンタカーで、このバスの走る国道275号線を、走ってみた。道路は除雪されていて、両側に雪の山が生まれている。根雪《ねゆき》の上に、何度も、除雪された雪が、積み重ねられたとみえて、何重もの層が、出来ていた。

バスは、一時間に一本程度しか、走っていない。かつての駅舎の傍に、バス停があるところもあれば、遠い場所に、バス停が設けられているところもあった。

河西は、いちいち、車をとめ、かつての駅舎のあった場所まで歩いて行き、写真を撮《と》った。

駅舎はこわされ、レールは、深い雪に埋もれ、ホームの駅名板だけが見えるところもあった。錆《さび》つき、雪の積もった表示板を見ていると、昔、その小さな駅に降りたときのことが、思い出された。赤色の一両か、二両の気動車から降りると、「ローカル線廃止反対」の垂れ幕が下がっていたのも、つい、この間のことのように、思い出されるのだ。

浜頓別で、オホーツク海に出る。ここから、北見枝幸《きたみえさし》まで走っていた興浜北線《こうひんほく》も、廃止されてしまった。

浜頓別の駅舎は、バスターミナルになっている。

ここから、代替バスは、オホーツク沿いの国道238号線を走るのだが、かつての天北線と離れているために、山軽《やまがる》、安別《やすべつ》、飛行場前といった昔の駅の傍に、バス停はない。

その中の山軽は、小さな駅だった。ホームの長さは、二十メートル余りで、やっと、一両の列車が停車できる短さだった。河西は、この小さな駅で、昔、降りたことがある。

白鳥の飛来で知られるクッチャロ湖に、この駅が、一番、近かったからだった。

山軽の駅も、雪に埋もれていた。駅名の表示板を、写真に撮る。

ホームの小さな待合室は、潰《つぶ》れかけていた。この辺《あた》りは、豪雪地帯だから、屋根に積もった雪の重さで、こわれ、それを直そうとする人もいないからだろうか。

河西は、ホームに積もった雪に、足をとられながら、潰れかけた待合室の傍まで、歩いて行った。

割れた窓ガラスのところから、中をのぞく。吹き込んだ雪が、分厚く積もっている。ホームの雪が解けても、この中の雪は、残っているのではないだろうか。

北国の旅館などに泊まると、中庭の雪が、陽当《ひあ》たりが悪いせいで、いつまでも残っている。

河西は、そんな景色を思い浮かべながら、のぞいていたのだが、急に、こわばった表情になった。

廃墟になった待合室の中に積もった雪から、人間の手らしきものが、突き出ていたからである。

2

河西は、浜頓別まで戻って、一一〇番した。

そのあと、河西が、山軽に戻っているところへ、道警のパトカーが、やってきた。

警官二人が、こわれた待合室に踏み込み、スコップを使って、残雪の山を、掘っていった。

やがて、一人の女の死体が、雪の中から、現われた。

セーターに、スラックス姿の若い女だった。

ホームの雪の上に、彼女の身体が、仰向《あおむ》けに横たえられた。刑事が、手袋をはめた手で、女の顔や、服にこびりついた雪を払い落とした。

美しい顔だと、河西は、思った。年齢は二十一、二歳だろうか。雪に埋もれていたせいか、透《す》き通るように、白く見える顔だった。

河西が、写真を撮ろうとすると、刑事の一人が、手で制した。

「なぜ、いけないんですか？」

と、河西は、文句をいった。

中年の刑事は、眉《まゆ》をひそめて、

「撮って、どうするんです？」

「別に、どうもしませんよ。僕は、カメラマンだから、何でも、記録しておきたいんです」

「事件かもしれないんだ」

「事件って、殺されたんですか？」

と、河西が、きいたが、その刑事は、答える代わりに、同僚の刑事に向かって、

「鑑識に、早く来るようにいってくれ。殺人《ころし》の疑いがある」

と、大声で、いった。
五、六分して、鑑識もやって来た。河西は、邪険《じやけん》に追い払われ、仕方なしに、離れた場所に移動した。その代わり、刑事たちに気づかれないように、シャッターを、切り続けた。
刑事と、鑑識たちは、雪まみれになりながら、待合室の中の雪を、かき出し始めた。死んだ女の所持品を、探しているらしい。

その一方、検視官が、ホームの死体を、仔細《しさい》に調べていた。特に後頭部を念入りに診《み》ているところをみると、そこに、裂傷か、打撲傷があるのだろう。

かき出された雪の中から、白いショルダーバッグや、カメラが出てくるのが見えた。

河西は、ショルダーバッグの中身や、カメラに撮られているフィルムを見たいと思ったが、刑事たちは、さっさと、パトカーに運び込んでしまった。

死体も、運ばれて行った。

さっきの中年の刑事が、河西の傍にやってきた。彼は、改めて、三浦《みうら》と名乗ってから、

「発見した時の状況を、話してくれませんか」

と、いった。

「やはり、殺人なんですか？」

河西は、逆にきいた。

「それは、明日の新聞を見てください。それより、まず、ここへ、何しに来たのか、それから話してくれませんか？」

「僕は、カメラマンで、廃止になった赤字ローカル線の写真を、撮りに来たんです。天北線は、好きな路線だったんで、一駅ずつ、写真に撮ってきて、この山軽へ来たら、待合室の雪の山の中から、手首が突き出しているのが、見えたんですよ」

と、河西は、いった。

「それで、すぐ、一一〇番した――？」

「ええ。浜頓別に戻って、一一〇番したんです」

「現場で、何もしませんでしたね？」

「しませんよ。僕は、警官じゃないんだから、するはずがないでしょう？」

「写真は、撮りましたか？」

「何の写真です？」

「死体を発見した時の写真です。この駅の写真です」

「ええ、撮りましたが、それが、どうかしたんですか？」

「ひょっとすると、提出していただくことになるかもしれませんのでね」

「つまり、殺人事件だからですか？」

「そんなところです」

と、三浦刑事は、いった。

すでに、陽《ひ》が暮れかけていた。三浦は、河西の住所と電話番号、それに、今後の旅行日程を聞き取ってから、パトカーで、帰って行った。

河西は、ぽつんと、ひとり、廃駅に取り残された。

待合室の周囲には、警察が、ロープを張り、「立入禁止」の札《ふだ》を下げていった。

河西は、もう一度、そのロープの外から、こわれた待合室を、覗《のぞ》いてみた。

刑事たちのかき出した雪が、ホームに、山となっている。その作業の邪魔になる窓や、柱は、叩《たた》きこわされて、それも、ホームに、放り出されていた。

冷気が襲いかかってくる。河西は、身体をふるわせた。警察が、立入禁止のロープを張っただけで、警官を置いていかなかったのも、たぶん、この寒さのせいだろう。それに、現場には、もう、何もないと思ったからか。

河西は、ロープをまたぎ、うす暗くなった待合室に、入ってみた。カメラマンとしての野次馬《やじうま》根性が、働いたのだ。

雪は、かき出されたが、それでも、残った雪が、解けずに、凍りかけていて、足元がすべる。

河西は、ライターを取り出して、火をつけた。

それで、待合室の中を、照らした。頭上の屋根は、半分以上こわれて、大きな穴があいている。死体を埋めた雪は、そこから降り積もり、ガラスのなくなっていた窓から、吹き込んだのだろう。

警察が、何もかも、持ち去ったので、待合室の中には、何も落ちていなかった。

河西は、肩をすくめて、外へ出た。

月がのぼって、雪に埋まったホームを、青白く、照らし出した。

刑事たちの足跡や、待合室からかき出した雪の汚れが、雪景色に、現実的なアクセントをつけていた。

（おれが、写真を撮りに来なければ、たぶん、雪解けの頃まで、この廃駅は、美しい

雪景色の中で、眠っていたに違いない）

河西は、そんなことを考えながら、フラッシュをたき、何枚か、写真を撮った。

（おや？）

と、急に、河西が、シャッターにかけた手を止めたのは、フラッシュをたいた瞬間、雪の上で、何かが、光ったからだった。

それは、刑事たちが、スコップでかき出した雪の中だった。

河西は、雪の上に屈《かが》み込み、ライターの明かりで、それを探した。小さな金属だった。手にとってみると、カフスボタンとわかった。

ポケットに入れ、自分の車に戻ってから、車内灯の明かりの下で、ゆっくりと、見直した。

プラチナか、或《ある》いは、プラチナゴールドだった。日本の家紋のカフスボタンである。確か、これは、下《さが》り藤《ふじ》の家紋だろう。よく見れば、小粒のダイヤが、何粒も、埋め込まれている。

（贅沢《ぜいたく》なものだな）

と、河西は、感心した。

死体を掘り出した刑事や、鑑識が落としたとは、思えなかった。

刑事たちが身につけるには、贅沢過ぎるからである。たぶん、死体と一緒に、雪の中に埋もれていたに違いない。

河西は、車を稚内まで走らせ、三浦刑事に話したように、そこで、一泊することにした。

3

翌二十三日になると、死体の解剖結果が出た。

死因は、後頭部を強打されたことによる頭蓋骨《ずがいこつ》破損である。道警の刑事たちが考えたように、殺人なのだ。

死亡推定時刻は、三月二十一日の午後四時から五時の間だろうという。

その後、雪が降り、死体は、その下に埋もれたために、腐敗は進行していず、きれいなままでいた。

ショルダーバッグの中には、シャネルのハンドバッグ、下着、化粧バッグなどが入っていたが、身元を証明するものは、見つからなかった。

ハンドバッグの中には、十七万二千円の入った財布があったから、物盗《ものと》りの犯行ではないのだ。

カメラは、コンタックスT1で、十万円以上するものである。だが、フィルムは、入っていなかった。道警では、犯人が、抜き取ったものと、判断した。フィルムの入っていないカメラを、持ち歩くとは、考えられなかったからである。

死体は、指輪も、腕時計も、身につけていなかったが、これも、犯人が、持ち去ったに違いない。

捜査本部は、稚内署におかれ、佐伯《さえき》警部が、指揮をとることになったが、彼は、捜査会議の席で、

「もう一つ、おかしいのは、被害者の服装です」

と、本部長に、いった。

「三月とはいえ、かなり寒いと思われるのに、セーターと、スラックスという格好でした」

「その上から、何か羽織っていたということかね？」

「そうです」

「なぜ、それが、失《な》くなっているのかね？」

「恐らく、そのコートに、名前がついていたか、特別に作らせたもので、持ち主を特定できるものだったからだと思います。この事件の犯人は、被害者の身元を隠すのに、非常に熱心です。指輪や、腕時計などが、失くなっているのも、そのせいだと思われます」

「指紋の照会はしているのかね？」

「すでに、警察庁に、送ってあります」

「あとは、顔写真の公開などで、身元を調べるより仕方がないな」

「そうです」

「この顔写真だが」

と、本部長は、黒板に、ピンでとめた女の写真に眼をやって、

「なかなか、美人だね」

「生きている時は、もっと魅力的だったと思います。身長一七五センチ、体重四八キロ、色白で、きれいに、マニキュアしていました」

「女性にしては、長身だね」

「そうです。長身を生かした仕事をやっていた女かもしれません」

「と、いうと？」

「例えば、モデルです。あの業界では、一七五センチは、低いほうだそうですから」

と、佐伯は、いった。

指紋の照会は、無駄だった。前科者カードにないという返事だったからである。

二十四日の朝刊に、事件の記事と、被害者の顔写真が、載《の》った。

それで、女の身元がわかるという保証はなかった。死顔と、生きていた時の顔とは、

まったく別人に見える時も、あるからである。

佐伯は、テレビ局にも、協力を要請した。特に、全国ネットのテレビ局には、ニュースで取り上げるとき、心当たりの人は、すぐ、道警に連絡してくれるように、アナウンスすることを頼んだ。

夕刊にも、同じ要望を、載せてもらった。

だが、これはと思える連絡は、いっこうに、入って来なかった。

テレビ局や、捜査本部に、まったく、連絡がなかったわけではない。

問い合わせの電話は、何本か入ったのだが、身長一七五センチといっているのに、小柄な一人娘かもしれないという母親からの電話だったり、死んだのは三月二十一日と、報じているのに、翌日から行方不明になった恋人の問い合わせだったりするのである。

佐伯たちは、他の方法による身元確認を考えた。

ショルダーバッグを下げ、カメラを持っていたことを考えれば、被害者は、観光客に違いない。

何処《どこ》から来たのかはわからないが、佐伯は、東京、大阪といった大都会に絞り、また、モデルだったのではないかということで、東京、大阪のモデルクラブにも、照会してみた。

この方針が、功を奏して、東京のモデルクラブ「KMG」から、ひょっとすると、うちにいた戸上《とがみ》みどりかもしれないという連絡があった。

身長、体重など、身体のサイズを添付《てんぷ》した写真を、送ってきた。

顔はよく似《に》ているし、血液型も、A型で、合致している。KMGでは、彼女が、今年の三月中旬から行方不明になっているとも、電話で、伝えて来た。条件は、被害者とおおむね合致した。

佐伯は、東京の警視庁に連絡して、この戸上みどりのことを、調べてくれるように、要請した。死体が発見された三日後、三月二十五日の午後である。

4

河西は、まだ、稚内にいた。

二十四日までは、道警の要請によるものだったが、二十五日は、河西自身の判断だった。

二十四日には、三浦刑事が、旅館に訪ねて来て、河西の撮った写真を、全部、見せるようにいった。

仕方なしに、見せると、そのうち、山軽の廃駅で、捜査状況を撮ったフィルムは、押収されてしまった。

「これは、撮るなといったはずですよ」

と、いうのである。

河西は、腹が立ったので、現場で拾ったカフスボタンのことは、三浦に、話さなかった。

二十五日の夜のテレビは、被害者が、東京のＫＭＧ所属のモデルだったらしいと、報じた。

モデルクラブのマネージャーが、テレビの画面で、彼女のことを喋《しゃべ》った。

「うちでは、売れっ子のモデルでしたよ。二、三日休みをとって、温泉めぐりをして来たいといいましてね。それから、何の連絡もなかったです。心配して、探していたんですが、こんなことになるなんて、本当に、びっくりしています」

「ひとりで、温泉めぐりに行かれたんでしょうか？」

と、レポーターが、マイクを差し出して、きく。

「それは、私どもにもわかりません。彼女のプライバシーですから」

と、マネージャーが、答えた。

画面には、去年秋のファッションショーで、活躍する戸上みどりの姿が、映し出されている。

毛皮ショーなので、彼女は、一着数千万円もする毛皮のコートを羽織っている。いかにも、高価な毛皮が似合いそうな女に見える。

その彼女が、天北線の廃駅で、雪に埋もれて死んでいたというのが、河西には、どうも、納得できなかった。

華《はな》やかな世界と思われるモデル業界の女が、旅行が好きで、しかも、廃線になったローカル線が好きだということがあっても、おかしくはない。

河西も、美人女優で有名なSが、仕事のない時は、化粧のない顔で、ジーンズに、スニーカーという格好で、カメラ片手に、小さな漁港をめぐり歩いているのを知っていた。

だが、戸上みどりが、雪に埋もれて死んでいたのは、ぴんと来ないのである。

果たして、彼女は、カメラを持って、山軽の廃駅を写しに来たのだろうか？

三月二十一日には、あの辺りには、大雪が降った。

その前も、あの辺りは、深い残雪が、被っていたと聞いた。戸上みどりは、その残雪を踏みしめて、廃駅に行き、写真を撮っていたのだろうか？

（どうも、想像しにくいな）

と、思ってしまうのだ。

しかし、彼女のカメラから、フィルムが抜かれていた。おそらく、彼女を殺した犯人が、フィルムを抜き取って行ったのだろう。と、すれば、彼女が、何かを撮ろうとしていた、或いは、撮ったのは、間違いないことになってくる。

河西は、テレビを消すと、もう一度、下り藤のカフスボタンに眼をやった。

これが、犯人のものだとすると、犯人は、金持ちか、お洒落《しゃれ》かのどちらかだろう。それとも、貰《もら》い物だったのか？

5

東京の警視庁では、道警の要請を受けて、被害者戸上みどりの交友関係を、調べることになった。

十津川《とつがわ》は、亀井《かめい》と西本《にしもと》に、調査を命じていたが、二人が戻って来る前に、上司の三《み》上《かみ》刑事部長に、呼ばれた。

「北海道の事件だがね」

と、三上は、十津川に椅子《いす》を勧《すす》めてから、切り出した。

「戸上みどりのことでしたら、今、亀井刑事と、西本刑事の二人が、調べています」

「わかっている。彼女の交友関係を調べているんだろう？」

「そうです。道警の話では、犯人は、カメラのフィルムを抜き取り、身元が確認できるものを、剝《は》ぎ取ったと思われます。と、いうことは、顔見知りの犯行の線が強いと思うので、彼女の交友関係、特に、異性関係を、重点的に調べさせています」

「今日じゅうに、結果が出るかね？」

「そう願っていますが」

「もし、特定の男の名前が出てきたら、道警に連絡する前に、私に、報告してほしい。いや、道警には、私から、連絡するよ」

と、三上は、いった。

確かに、道警からの捜査協力の要請は、正式には、向こうの本部長から、こちらの三上刑事部長を通して行なわれる。しかし、そのあとは、刑事同士で連絡し合うことが多い。そのほうが、効率的だからである。

それが慣習になっているので、十津川は、妙な気がしたが、部長の指示だから、おとなしく、「わかりました」と、いって、自分の部屋に戻った。

夜になって、亀井と、西本の二人が、帰って来た。

「戸上みどりの異性関係は、かなり派手だったようです。パリへ行った時も、向こうで、フランスの男性と親密になって、それを、週刊誌に書かれたことがあります。しかし、特に親しかった男性というのは、数が限られていて、いろいろな人間に会ってきいた結果、今のところ、二人に絞られると思います」

と、亀井は、いい、その二人の名前を書いたメモを、十津川に見せた。
○永井《ながい》　哲也《てつや》（三十歳）Ｋテレビの若手のプロデューサー。
○久保田《くぼた》　剛《たけし》（二十六歳）ＴＶタレント。将来を嘱望《しょくぼう》されていて、歌手としても、何枚かレコードを出している。
二人の写真も、添えられている。

「二人とも、なかなか美男子だね」

と、十津川は、印象をいった。

「それに、今の時代の花形職業でもあります」

と、亀井が、いう。

「三月二十一日のアリバイは？」

「永井のほうは、二十日から三日間、休暇をとっています。彼にいわせると、自宅マンションで、ゆっくりと、休みをとっていたといいますが、独身ですから、証明はできません」

「久保田のほうは、どうなんだ？」

「面白いことに、彼は、新しく出したレコードの宣伝に、北海道へ行っているんです。

小樽《おたる》を歌った曲のために、一週間、道内をまわったというわけです。三月二十一日には、旭川にいたと、いっています」

「面白いね」

「従って、二人とも、明確なアリバイはありません」

「動機は、どうなんだ？」

と、十津川がきくと、今度は、西本刑事が、

「二人とも、戸上みどりとの間には、別に問題がなかったので、殺すような動機はないと主張しています。しかし、われわれが調べたところ、戸上みどりは、一度、子供を堕《お》ろしたことがあります。四カ月前ですが、彼女の女友だちの言《げん》によると、この件で、相手の男を、ゆすっていたのではないかというのです」

「ゆすっていた？」

「ええ。被害者に酷《こく》ないい方かもしれませんが、彼女は、贅沢が好きで、やたらに、お金を欲しがる女だったそうです。相手の男を、ゆすっていたとしてもおかしくはありませんし、彼女のほうには、ゆすっているという意識はなかったのかもしれません」

「だが、相手は、ゆすられていると思ったか？」

「そう思います」

「堕ろした子供が、この二人のどちらの子供か、わかるのかね？」

「調べれば、わかるはずです」

「彼女は、所属のモデルクラブに、温泉めぐりをしてくるといって、休みをとったことになっているんだが、その点は、どうなんだ？」

と、十津川は、きいた。

亀井が、自分の手帳のメモを見ながら、

「モデル仲間の話では、彼女に、温泉めぐりをするような趣味はなかったようです。ただ、最近、カメラに興味は持っていたと、いっています」

と、いった。

十津川は、二人の男の名前を書いたメモと、顔写真を持って、三上刑事部長の部屋へ行った。

三上は、慌《あわ》ただしく、二人の名前を見、写真を見ていたが、

「ご苦労さん。すぐ、道警の方へ、連絡してやってくれ。向こうでも、待っているはずだから」

と、いった。

十津川は、呆気《あっけ》にとられて、

「それは、部長が、道警にお伝えになるんじゃなかったんですか？」

「いや、君から話してくれたほうが、正確に伝わるだろうからね。頼むよ」

と、三上はいい、それで、窓の方に眼をやってしまった。

十津川は、首を傾《かし》げながら、部長室を出た。

なぜ、急に、三上の態度が変わったのか、見当がつかなかったからである。第一、捜査一課長を飛び越えて、刑事部長の三上が、十津川に指示してきたのも、不思議なのだ。そういう場合があれば、本多《ほんだ》捜査一課長を同席させるのが、常識だった。従って、三上部長の指示には、どこか、秘密めいた匂いがあったといえる。それなのに、急に、無関心になってしまったのは、なぜなのだろうか？

十津川は、部屋に戻ると、亀井に、改めて、道警への連絡を頼んでおいて、課長室へ、足を運んだ。

本多捜査一課長に、黙っているわけにはいかなかったし、報告する義務も、あったからである。

北海道の事件で、二人の容疑者が浮かんできたことを話したあと、三上部長のことも、本多に伝えた。

「私が、話したことは、部長には、黙っていてください」

と、十津川は、いった。

本多は、笑って、

「もちろん、いわないさ」

「私には、どうにも、わからないのですよ。道警の協力要請について、いちいち、部長が指示されることはなかったですし、また、必ず、私を通せといわれたのに、いざ、報告すると、今度は、まったく無関心な顔をされたんです」

「確かに、おかしいな」

「気まぐれな人ですが、殺人事件で、いい加減なことは、いわれないと思うのです」

と、十津川が、いうと、本多は、

「そうだよ。むしろ、部長は、仕事では、慎重な人だ」

「ひょっとすると――」

「ひょっとすると、何だね？」

「部長は、お偉方《えらがた》と、よく、会っていますね？」

「ああ。部長になれば、政財界の人とのつき合いも生まれてくるし、三上部長は、それが、嫌いじゃないからね」

と、本多は、笑った。

「その中の一人から、部長は、いわれたんじゃないでしょうか？　今度の事件について」

「どんなことをだね？」

「北海道で殺されていた戸上みどりについて、われわれは、道警に依頼されて、彼女の男関係を調べています。それに、自分の名前が、出て来ないかどうか、心配になった政財界人がいるんじゃないかと、思うんです」

十津川が、いうと、本多は、「なるほどねえ」と、うなずいた。

「部長は、君の答えの中に、頼まれていた名前がなかったので、ほっとしたのかもしれないね。安心して、道警への連絡を、自由にやってくれと、いったんだろう」

「そう思います」

「いいじゃないか。もう、部長に気がねなく、君が、自由に、道警に協力したらいいんだ」

「そうなんですが――」

「浮かない顔をしているが、まだ、心配なことがあるのかね？」

本多が、眉を寄せて、きいた。

「心配というよりも、疑問です。戸上みどりについて調べたところ、二人の男の名前が浮かんで来ました。それが、そこに書きました永井哲也と、久保田剛ですが――」

「この二人は、被害者と、関係があったんだろう？」

「そうです」

「それなら、容疑者として、調べるのは、当然だよ」

「ですが、問題のXが、浮かんでいません」

と、十津川は、いった。

「Xって、三上部長が、政財界の偉い人から、頼まれたのではないかという人物かね？」

「そうです。もし、これが当たっていれば、そのXは、被害者の戸上みどりと、関係があったはずです。そうでなければ、わざわざ、刑事部長に、調べてくれと、頼んだりはしないと思うのです」

「そうだろうね」

「永井と、久保田ではないとすると、なぜ、Xが浮かんで来なかったのか。それが、疑問になって来たんです」

「この二人以外には、男の名前は、浮かばなかったのかね？」

と、本多が、きく。

「異性関係は、派手な女性だったらしく、他にも、何人か、いたようです」

「それなら、Xは、その中に入っていたんだろう。まあ、X氏にとっても、良かったじゃないか。逆にいえば、X氏は、自分で心配したほど、彼女にもてていなかったということにもなるんだがね」

と、いって、本多は、笑った。

十津川は、自分の席に戻っても、疑問は、消えてくれなかった。

Xの名前がわかれば、簡単に、疑問は、解けるのだが、まさか、三上刑事部長に、Xさんに頼まれましたかと、きくわけにはいかないし、きいたところで、本当のことを話してくれるはずがなかった。Xには、内密でといわれているに違いなかったからである。

「道警には、二人の名前を、伝えておきました。顔写真も、電送しました。あとは、二人のどちらが、現場近くで、目撃されているかということになるでしょうね」

と、亀井が、十津川に、報告した。

「ああ、ご苦労さん」

「どうされたんですか？　これから先は、道警の仕事ですが」

「二人の他に、浮かんだ男の名前は、メモしてあるかね？」

「ありますが、関係がうすいか、確かなアリバイのある男ばかりですが」

「いいよ。教えてくれ」

と、十津川は、いった。

亀井は、三人の男の名前を、見せた。

その中に、十津川が、知っている名前は、なかった。

亀井にきくと、この三人は、まだ無名の二十五歳のタレント、同じモデルクラブの男のモデル、それに、売れないシナリオライターだという。

（どうも、Xではないようだな）

と、十津川は、思った。それでも、十津川は、念のために、その三人の男の名前を、自分の手帳に、写しておいた。

亀井は、じっと、そんな十津川を見ていたが、

「どうもわかりませんね。その三人が、気になるんですか？」

と、きいた。

「いや、ただ、念のためにね」

「しかし、その三人が、犯人だという確率は、ゼロだと思いますよ」

「わかっているさ」

と、十津川は、いった。

6

稚内署に設けられた捜査本部は、警視庁が送ってきた永井と、久保田の顔写真をもとにして、現場付近の聞き込みを始めた。

さすがに、問題の廃駅近くで、二人を目撃したという人間は、いなかったが、久保田が、二十一日に、音威子府から、稚内行のバスに乗っているのを見たという目撃者

が、現われた。

目撃者は、地元のＯＬで、熱心な久保田のファンだった。

彼女は、音威子府に住んでいて、十八日には、札幌の小ホールで開かれた久保田の新曲発表会を、聞きに行っている。

二十一日に、旭川へ行こうと思い、ＪＲの駅へ歩いているとき、久保田を見かけたというのである。

久保田は、そのとき、稚内行のバスに乗ったと、証言した。

道警の三浦刑事が、同僚の前島《まえじま》刑事と、その証言を確かめるため、すでに、帰京している久保田に会う目的で、飛行機で、東京にやってきた。

亀井が、羽田《はねだ》に迎えに行き、二人を、パトカーで、久保田のいるプロダクションに、案内した。

久保田の訊問《じんもん》には、亀井も、立ち会った。

久保田は、三浦刑事の質問に、あっさりと、二十一日に、問題のバスに乗ったことを、認めた。

「あの日は、夜の八時まで、暇が出来たんで、稚内へ行ってみたんですよ」

と、久保田は、いった。

「なぜ、音威子府から、わざわざ、バスに乗ったんですか？」

三浦が、当然の質問をする。

「それはですね。前に、天北線に乗ったときのことを、思い出したからですよ。それで、音威子府で降りて、オホーツク回りのバスに、乗ったんです。帰りは、宗谷本線にしましたが」

「昔の山軽駅で、降りたんじゃありませんか？」

「彼女が、死んでいたところですか？　いや、降りずに、稚内まで、行きましたよ」

と、久保田は、いった。

「何時のバスに、乗ったんですか？」

と、前島刑事が、きいた。

「正確な時間は、覚えていませんが、かなり早かったですよ」

「稚内に着いたのは？」

「昼過ぎでしたね。ずいぶん、時間が、かかりましたよ。だから、稚内には、あまり長くいられませんでした」

「帰りは、何時に、稚内を出たんですか？」

「それは、よく覚えています。急行『礼文《れぶん》』に乗らないと、旭川に、八時までに、戻れませんのでね。一六時〇六分の急行『礼文』に乗りました。旭川に着いたのは、一九時五六分で、かろうじて、間に合いました。いや、十分ぐらい遅れたのかな」

「すると、稚内にいたのは、四時間足らずということですね？」

「ええ」

「稚内にいたことを、証明できますか？」

と、三浦がきくと、久保田は、考えてから、

「駅前の食堂で、おそい昼食をとったんですが、その時、サインを頼まれましてね。色紙《しきし》に、サインしました。確か、近江《おうみ》食堂という名前でした。その名前を、色紙に書いた覚えがありますから」

と、いった。

その証言を確認するために、三浦が、稚内署に、電話連絡している間、亀井は、パトカーで待つことにしたが、運転席に腰を下ろしているところへ、無線電話が、入った。

「私だ」

と、十津川が、いった。

「今いるところは、新宿《しんじゆく》だったね？」

「そうです。新宿駅西口です」

「帰りに、明大前《めいだいまえ》へ寄ってくれ。私も、これから、明大前へ行く」

と、十津川が、いった。

「事件ですか？」

「そうだ。殺人未遂だ。被害者は、病院に運ばれたが、意識不明だよ」

「明大前の何処ですか？」

「『スカイマンションめいだいまえ』の306号室だ」

「わかりました。道警の二人を、ホテルへ送ってから、急行します」

「いや、連れて来てくれ」

と、十津川は、いう。

「向こうの事件と、関係があるんですか？」

「あるかもしれないんだ」

と、十津川は、いった。

7

甲州《こうしゅう》街道から、少し入ったところに、「スカイマンションめいだいまえ」があった。

亀井が、三浦と前島の二人を連れて、到着すると、十津川が、迎えて、

「河西というカメラマンを、ご存じと思いますが」

と、三浦に、いった。

「ええ。今度の事件で、死体の発見者ですが」

「殺されかけたのは、その河西です」

と、十津川は、いい、３０６号室に、案内した。

１ＬＤＫの部屋である。

カメラマンの部屋らしく、調度品は、あまりなかったが、カメラだけは、いいものが、三台も、置いてあった。

バスルームが、現像室になっている。

「河西が、帰宅したところを、犯人が、背後から、殴《なぐ》りつけたようです。そうしておいて、部屋に入って、家捜《やさが》しをしているところへ、隣室の学生が帰宅して、犯人は、慌てて、逃げたんです。おかげで、河西は、一命を取り留めました。まだ、意識不明ですが」

と、十津川は、三浦に、説明した。

「北海道の事件と、関係があるんでしょうか？」

と、三浦が、きいた。

「わかりませんが、その可能性があると思って、お二人に、来てもらったんですよ」

「しかし、ただ、第一発見者というだけのことですからねえ」

三浦が、当惑した顔で、いった。

「河西は、カメラマンでしょう。とすると、彼が、犯人にとって、不利なものを、写していたんじゃありませんか？　犯人は、それを見つけようとして、河西を殺そうとし、家捜しをしたんじゃありませんかねえ」

と、亀井が、いった。

だが、三浦は、言下《げんか》に、

「それは、ありませんよ」

「なぜ、ないといい切れるんですか？」

亀井が、不思議そうに、きく。

「実は、彼には悪かったんですが、撮ったフィルムを、全部、見せてもらったんです。しかし、人間は、一人も写っていませんでした。また、捜査の助けになるようなものでです。従って、北海道の事件のせいで、河西が襲われたとは、思えないんですが」

と、三浦は、いった。

「そうなんですか」

亀井は、肩をすくめるようにして、いった。

三浦と、前島が、今日泊まるホテルに帰って行ったあと、亀井は、十津川に、

「どうやら、二つの事件は、結びつかないようですね」

と、残念そうに、いった。

「まだ、そうと決まったわけじゃないさ」

「しかし、河西が撮ったフィルムが、事件に無関係とすると、襲った奴《やつ》も、関係ないんじゃありませんか？」

「カメラマンだからといって、カメラだけで、世の中とつながっているわけじゃないだろう」

と、十津川は、いった。

「そうですね。今度の事件の容疑者と、河西の人間関係を、調べてみましょう」

「その時には、永井と、久保田の他に、例の三人との関係も、調べてほしいね」

と、十津川は、いった。

十津川は、帰りに、河西の運ばれた病院に寄ってみたが、彼の意識は、まだ、戻っていなかった。

世田谷《せたがや》署に、捜査本部が設けられ、亀井たちは、河西の交友関係を、洗っていった。

しかし、十津川が期待した結果は、出て来なかった。

永井、久保田の二人はもちろん、他の三人の名前も、その捜査の中で、出て来ないのである。

殺された戸上みどりの名前もだった。この六人と、いくら調べても、河西は、交叉《こうさ》しないのだ。

「どうやら、私の思い違いだったようだ」

と、十津川は、亀井に、いった。

亀井は、なぐさめるように、

「しかし、まだ、そうと決まったわけじゃありませんよ」

「道警が、河西が撮った写真を、送って来たんだ。それを見たが、事件と関係があるようなものは、一枚もなかったよ」

「そうですか」

「だから、河西は、向こうの事件とは、無関係に、襲われたんだ」

「しかし、警部、いくら調べても、河西は、他人《ひと》に恨《うら》まれるようなことはしてないんです」

「だから？」

「河西は、他のカメラマンに嫉《ねた》まれるほど、有名じゃありません。それに、彼が、得意としていたのは、人物じゃなくて、風景です。いわゆる社会派でもありません。ですから、写真の題材で、恨みを受けるということも、考えにくいんです」

「河西の女性関係は、どうなんだ？」

「ガールフレンドはいます。しかし、結婚を約束してもいませんし、彼女のほうも、結婚を望んでいませんでした。従って、女性問題で、彼が狙《ねら》われていたということは、考えにくいのです」

亀井は、一つ一つ、河西が襲われる理由を、消していった。

「つまり、河西が襲われたのは、やはり、北海道の事件のためだといいたいわけだね？」

と、十津川は、亀井に、いった。

「そうです。他に、理由が、考えられないのですよ」

「しかも、犯人は、河西の部屋を、家捜しした形跡《けいせき》がある。そのために、河西は、襲われたともいえるんだ。だが、三浦刑事たちの話で、彼が撮った写真のためではないとわかった」

「しかし、何か、河西は、持っていたんですよ。向こうの事件に繋《つな》がるようなものを」

と、亀井は、いう。

十津川は、じっと、考え込んでいたが、

「例の三人だがね」

「はい」

「あの中で、アリバイがあいまいなのは、誰だね？」

「原田《はらだ》利夫《としお》。二十六歳。売れないシナリオライターです」

「アリバイは、どんなふうにあいまいなんだ?」

「仕事がない時は、朝から夜まで、パチンコをやっているというわけです。それも、一店で、ずっとやるのではなく、何店も、渡り歩くそうです」

「二十一日もかね?」

「二十日も、二十一日も、二十二日もです」

「なるほど、あいまいだね。それで、死んだ戸上みどりとの関係は?」

と、十津川は、きいた。

「Wテレビで、原田が書いたシナリオで、三時間のドラマをやったときがありまして、それに、彼女が出演したんです。これは、半年前ですが、その時に、原田のほうから、誘って、交際が始まったようです」

「三時間ドラマ?」

「スペシャル番組です」

「売れないシナリオライターに、そんなスペシャル番組を、よく任《まか》したね」

「そうですね」

「Wテレビに電話して、なぜなのか、きいてみてくれないか」

と、十津川は、いった。

亀井は、すぐ、Wテレビの編成局長に、電話できいていたが、受話器を置くと、

「原田の才能を買ったんだそうです。今は、売れていないが、きらりと光る才能があり、それを、買ったと、いっています」

「三時間ものだと、制作費も、多額だろう？」

「そうです。有名なタレントが、沢山《たくさん》出ていますから、一億円は、軽くオーバーしたと思いますね」

「それなのに、きらりと光る才能だけで、無名に近いシナリオライターを起用するかね？」

「本当の理由をきいて来ます。関係者に当たって」

と、亀井は、いった。

亀井は、西本刑事を連れて、出かけて行った。

戻って来たのは、深夜になってからである。

「苦労しました。なぜか、この件では、関係者の口がかたくて」

と、亀井は、いきなり、苦笑して見せた。

「だが、きき出したんだろう？」

「ええ。きき出しましたよ。原田利夫は、実は、原田周一郎《しゅういちろう》の次男なんですよ」

「原田周一郎？　聞いたような名前だが――」

「M製薬の社長ですよ。国務大臣をやったこともあります」

「ああ、思い出した」

と、十津川は、うなずいた。

「M製薬は、例の三時間ドラマのスポンサーになっています」

と、亀井は、いった。

「なるほどねえ。それで、彼の息子の原田利夫が、シナリオを書くことになったのか？」

「そうなんです。テレビ局も、番組を制作するプロダクションも、スポンサーに弱いですからね」

「M製薬の社長は、大変な個人資産の持ち主だろう？」

「そうです」

「その子供なら、いくら売れないシナリオライターだって、朝から夜まで、パチンコで時間を潰しているというのは、おかしいな。彼は、どんなところに、住んでいるんだ？」

「売れないシナリオライターというので、調べませんでした。どうせ、貧乏暮らしだと思って」

「調べよう」

と、十津川は、いった。

翌日、十津川は、原田利夫の住所を、亀井と、訪れてみた。

目黒《めぐろ》のマンションの一室だった。真新しいマンションで、2DKの部屋である。

「いい所に住んでるじゃないか」

と、十津川は、いった。

都心のマンションには珍しく、駐車場付きである。管理人にきいてみると、506号室に住む原田利夫は、国産だが、スポーツ・カーを、持っているという。

（やはりだな）

と、十津川は、思いながら、エレベーターで五階にあがって行った。

原田は、在宅していた。彼は、居間で、自分が書いた三時間ドラマを、ビデオで観《み》ているところだった。

「こうやって、観返してみると、いろいろと、自分の脚本《ほん》の欠点が見えて、参考になりますよ。活字では面白いと思っても、映像になると、まったく詰《つ》まらないというものが、ありますからね」

と、原田は、十津川たちに向かっていい、手を伸ばして、テレビを消した。

十津川は、ちらりと、テレビに眼をやっただけで、

「戸上みどりさんのことで、伺《うかが》ったんですがね」

「そのことなら、そちらの刑事さんに、警視庁まで顔を出して、くわしくお話ししま

したよ。つき合いのあったことは、認めているんです。ただ、僕は、売れないシナリオライターですからね。向こうが、まともに、相手にしてくれませんでしたよ。それにしても、亡《な》くなったと聞いて、ショックを受けています」

原田は、微笑した。彼女の死を悼《いた》む感じはなかった。

「シナリオライターとしては売れなくても、あなたは、M製薬社長の息子さんでしょう？　こんないいマンションに住み、スポーツ・カーも、持っていらっしゃる。それに、若くて、ハンサムだ。女性から見れば、魅力的な相手なんじゃありませんか？」

と、十津川は、いった。

原田は、肩をすくめて、

「世の中は、そんなに甘くありませんよ。シナリオライターとしては、まだ無名。これは、厳然たる事実ですからね」

「パチンコを、よくやられるそうですね？」

「ええ。暇がありますからね。よくやりますよ。安あがりの時間潰しには、一番いいんです」

「二十一日も、パチンコを、やっておられた？」

「ええ。まあ、二十一日に限らず、連日のように、やっています。二十一日も、たまたま、朝から夜まで、やっていたというだけのことです」

「それも、一つの店ではなく、いくつもの店でやるということですが？」

「ええ。あきっぽいんでしょうね」

と、原田は、笑った。

「写真は、お好きですか？」

「え？」

「そこにあるカメラは、かなり高価なものじゃありませんか？」

十津川は、無造作に置かれたカメラに、眼をやった。

「ああ、コンタックスの安いやつですよ」

「安いといっても、国産カメラに比べると、高いんでしょうね？」

「十二万かな」

と、原田は、いった。少しばかり、自慢げないい方だった。

「それを持って、日本全国を、撮って歩かれるわけですか？」

亀井が、きくと、原田は、慌てた表情になって、

「いや、私は、なまけものだから、旅はあまり好きじゃありませんね」

「北海道へ行かれたことは？」

と、十津川が、きいた。

「昔、一度だけ、行っていますよ。今もいったように、旅行は、あまり好きじゃあり

ませんから」

と、原田は、繰り返した。

「ちょっと、トイレをお借りしたいんですが。どうも、食べ合わせが悪かったのか、下痢気味でしてね」

十津川は、照れ臭そうにいい、立ち上がった。彼がいない間、亀井が、もう一度、二十一日のアリバイについて、質問した。

「朝から、パチンコということですが、何処のパチンコ店ですか？」

亀井が、ねちっこくきくと、原田は、うんざりした顔になって、

「新宿にあるパチンコ店を、何店か、梯子《はしご》しました。先日も、そういったはずですよ」

「普通は、一店か、二店で、じっくりやるものだと思いましてね」

「それは、その人の好き好きでしょう？　僕は、店を変えると、気分が変わって、よく出るんです」

「しかし、何店も変わると、お金がかかるでしょう？　前の店の玉は、使えないから」

「そのくらいの出費は、たいしたことありませんよ」

「なるほど。やはり、M製薬の御曹司《おんぞうし》ですねえ」

「よしてください。パチンコの金ぐらい、自分で出してますよ」

「しかし、このマンションの購入とか、スポーツ・カーは、お父さんが出されたんじゃありませんか？」

「まあ、援助は受けてはいますが、それが、事件と、どんな関係があるんですか？」

原田が、怒ったような声でいった時、十津川が、戻って来た。

「カメさん。そろそろ、おいとましようじゃないか」

「もうですか？」

と、亀井がきくと、十津川は、

「原田さんに、もう、おききすることは、ないようだからね」

と、いった。

マンションの外に出ると、亀井が、不満そうに、

「まだ、いくつか、彼に、ききたいことがあったんですがね」

「わかってるよ。だが、当人にきくより、周囲の聞き込みをやってほしい」

「どんなことですか？」

「トイレに行ったら、廊下に、本棚があってね。旅の本が、何冊も入っていたよ」

「旅行嫌いなんて、嘘なんだ」

「それに、われわれのいた部屋だがね。壁の上の方に、ところどころ、色の変わった

場所があった。長方形にね」

「何でしょうか？」

「最初は、絵が掛《か》かっていたのかと思ったんだが、あんなに何枚も、絵を掛けるというのは、日本人はやらないだろう。とすると、写真を引き伸ばしたパネルじゃないかと思うんだ。彼のマンションに遊びに行った友人か知人を見つけて、何が掛かっていたか、きいてみてくれ」

と、十津川は、いった。

8

捜査本部に戻ると、十津川は、三上刑事部長に、会いに行った。

「例の北海道の殺人事件ですが、新たに、一人、容疑者が、浮かんで来ました。すぐ、道警に連絡したいと思います」

と、十津川は、いい、原田利夫の名前と、彼の写真を、見せた。

予想通り、三上部長の顔色が変わった。

「この男は、本当に、怪しいのかね？」

と、三上は、十津川に、きいた。

三上部長に、北海道の事件のことで、圧力をかけたのは、恐らく、原田利夫の父親で、M製薬社長の周一郎だろう。

長男の明《あきら》は、現在、M製薬で、社長秘書をしているというから、将来は、社長になるに違いない。

次男で、売れもしないシナリオを書いている利夫は、父親から見れば、不肖《ふしょう》の息子なのだろうし、それだけに、心配でもあるに違いなかった。

金銭面の援助をし、M製薬がスポンサーになって、三時間ドラマのシナリオも書かせた。利夫が、戸上みどりと、関係が出来たのも、当然、知っていたはずである。

だから、彼女が、北海道で殺されたと聞いた時、父親の周一郎は、息子の利夫が怪しいと思ったのだ。彼女との仲が、まずくなっていることも、知っていたに違いない。

もし、利夫が犯人だったら、会社の信用にも影響してくる。シナリオライターとしては、無名でも、M製薬社長の息子としてのネームバリューがあるから、週刊誌などが、書き立てるだろう。

周一郎は、何とかしなければいけないと考え、知り合いの三上に、圧力をかけてきた。

三上は、まさか、十津川に、原田利夫のことは調べるなといえないので、

「慎重に頼むよ」

という、いい方をした。

「わかりました」

と、十津川は、うなずいたが、中止する気はなかった。戸上みどりの捜査は、道警の仕事だが、河西カメラマンについての殺人未遂事件の捜査は、警視庁の仕事だからである。

亀井たちが、面白い情報を持って、帰って来た。

「原田の友人に会って、話を聞きました。例の居間に、掛かっていたと思われるものですが、やはり、大きな写真のパネルです。三月十五日に、遊びに行った時も、五、六枚、掛かっていたといっています。何の写真か、わかりますか？」

亀井が、ニコニコ笑いながら、きく。

「北海道の風景写真か？」

「それに、列車の写真です。原田は、自分で撮って、自分で引き伸ばしたんだと、友人に自慢していたそうです」

「やっぱりね」

と、十津川は、満足そうにうなずいてから、

「もう一つ、調べてもらいたいことがある。殺された戸上みどりが、病院で堕ろした胎児の血液型だ。もし、あとで、ゆする気なら、ちゃんと、医者に聞いているはずだ

よ」

　亀井は、西本刑事を連れて、すぐ、出かけて行ったが、電話で、連絡してきた。

「警部のいわれた通り、戸上みどりは、四ヵ月前子供を堕ろした時、医者に、胎児の血液型を、確認しておいてほしいと、特に、頼んだそうです。医者は、それを、母親としての愛情の表われと、思ったそうです」

「それで、胎児の血液型は？」

「B型です。医者の話ですと、胎児は、母親と繋がっているので、血液型は、あとで、変わることもあるそうですが、戸上みどりの子供の場合は、間違いないそうです」

「それで、父親の血液型は、どうなるんだ？」

「母親であるみどりの血液型を考えますと、父親は、胎児と同じB型になる可能性が高いと、医者は、いっています」

「原田利夫の血液型は、わかるかね？」

「調べて来ます」

　と、亀井は、いった。

　二人は、二時間ほどで、帰って来た。

「結論からいいますと、原田は、B型ですので、問題の胎児の父親である可能性が高いことになります」

と、亀井は、十津川に報告した。

「原田は、三年前に、胃の手術をしていまして、その時、輸血をしなければならない場合を考えて、血液型を調べています。間違いなく、B型です」

これは、西本が、説明した。

「あとは、戸上みどりが、それをネタに、原田利夫をゆすっていた証拠がほしいね」

と、十津川は、いった。

「戸上みどりの預金通帳は、調べましたね？」

「ああ。だが、特に、高額の振り込みはなかったんだ」

「すると、彼女は、現金で貰っていたということになりますか？」

と、亀井が、きく。

「そのほうが、証拠が残らないと思ったのかもしれないね」

「その金は、どうしたんでしょうか？」

「金遣いが荒かったから、すでに、使ってしまったか、或いは、銀行の貸金庫に、入れてあるかもしれないね」

「彼女の通帳は、B銀行のものでした。それから考えて、貸金庫も、B銀行と思います」

「行ってみよう」

と、十津川は、いった。

「彼女を殺した犯人が、貸金庫のキーを奪い、それを使って、開けてしまっているんじゃないでしょうか？　キーと、印鑑があれば、開けられるんじゃありませんか」

「もし、開けていても、銀行の係が、その人間を、覚えてくれているよ。貸金庫を開ける時は、行員の誰かが、貸金庫室に入る人間を、必ず見ているはずだからね」

と、十津川は、いった。

B銀行に行ってみると、やはり、戸上みどりは、ここに、貸金庫を持っていたし、三月二十一日以後、開けられていないということだった。犯人も、顔を覚えられるのが嫌で、来ることができなかったのだろう。

十津川と、亀井は、地下にある金庫室で、戸上みどりの貸金庫を、開けてもらった。ケースを取り出し、ふたを開けてみる。

三千万円の札束《さつたば》が、まず、眼に入った。小さな宝石ケースに入ったダイヤや、エメラルドの指輪、それに、封筒。封筒の中身は、堕ろした胎児の血液型を書いた医者のカルテだった。

「この三千万円は、原田利夫が、払ったんでしょうか？」

と、亀井が、きく。

「いや、払ったのは、たぶん、原田の父親で、M製薬社長の原田周一郎だよ」

と、十津川は、いった。

「なぜ、そう思われるんですか?」

「第一は、原田が、急に、こんなまとまった金を、自分で、用立てられるとは思えないからね。第二は、戸上みどりの死体が見つかり、それも殺されたとわかってすぐ、原田周一郎は、うちの刑事部長に、息子の原田利夫が、容疑者となっているかどうか、内密に教えてくれるように頼んだ形跡《けいせき》があるからだよ。つまり、息子の利夫が、殺す動機を持っているのを、知っていたということさ。おそらく三千万円を要求された利夫が、父親に、泣きついたんだろう。だから、父親は、知っていたのさ」

「この医者のカルテは、戸上みどりにとって、打出《うちで》の小槌《こづち》だったわけですね?」

「原田家が、身内のスキャンダルを恐れている限りはね」

「しかし、警部。胎児の血液型だけでは、原田利夫をゆすることは、できなかったんじゃないでしょうか? B型の血液型で、戸上みどりの周囲にいた男性は、何人もいると思いますから」

「確かに、そうだな。だから、このカルテと、他にもう一つ、何かがあって、その二つを使えば、いくらでも、原田利夫をゆすれたんだと思うね」

と、十津川は、いった。

「しかし、この貸金庫には、それらしいものは、何も入っていませんが」

「いや、ちょっと待ってくれ」

と、十津川は、宝石箱を、手に取って、

「うちの奥さんの宝石箱は、二重底になっていてね。そこに、大事なものを納《しま》っているんだ」

「どんなものですか？」

「私の書いた誓約書さ」

「警部は、そんなものを書かれたんですか？」

「ああ、結婚する時にね」

と、十津川は、苦笑しながら、宝石をどけて、底を調べていたが、

「やっぱり、二重底になっている」

と、いった。

二重底に入っていたのは、マイクロテープだった。

十津川は、満足げに笑った。

「どうやら、これが、打出の小槌らしいね」

9

そのマイクロテープを持ち帰り、十津川は再生してみた。

どうやら、電話を録音したものらしく、音は悪いが、会話は、はっきりわかるし、女は、戸上みどり、男は、原田利夫だった。最初に、彼女が、「原田さん」と、呼びかけているからである。

「原田さん、どうしても、あなたの子供を生みたいのよ」

——駄目だよ。僕には、君と結婚して、子供を育てていく自信はないんだ。この間いったように、堕ろしてくれ。おやじの知り合いに、口のかたい産婦人科医がいるから、そこへ行ってくれよ。頼むよ。

「お父さんて、M製薬の社長さんね？」

——ああ、君が、まとまった金が欲しければおやじが出すといっている。

「お父さんも、お腹の子供のことを、知ってるのね？」

——ああ、僕が、話したからね。

こんな会話が、延々と続くのだ。戸上みどりは、あとで利用する気で、この電話を、録音したに違いなかった。だから、わざと、原田さんと、いったり、会話の中で、M製薬社長という言葉を入れているのだろう。

「このテープも、医者のカルテも、何回でもコピーできますね」

と、亀井が、いった。

「そうだよ。文字通り、打出の小槌で、何回でも、ゆすれるんだ」

「しかし、貸金庫に入っていたのは、三千万だけでしたね」

「それでも、大金だよ」

「ええ。しかし、原田家の個人資産は、二百億円以上と、聞いていますし、戸上みどりは、当然、それを知っていたと、思います」

「三千万、四千万ではなく、もっと、まとまったものが、欲しくなったのかもしれないな」

と、十津川が、いう。

「原田家の財産ですか？」

「ああ。そうだ。原田利夫は、次男だが、父親が死ねば、遺産が、入ってくる」

「そうですね。子供は二人だけですから、母親が、遺産の半分の百億、残りの百億を子供二人で分けるとして、五十億です」

「五十億の財産家の夫人というのは、悪くない。戸上みどりは、そう考えたんじゃないかな。そして、それが、彼女の命取りになったのかもしれないな」

と、十津川は、いった。

「これで、動機は、充分ですが、原田利夫が、犯人だと証明するのは、難しいんじゃありませんか。一番難しいのは、三月二十一日に、原田が、現場である山軽の廃駅に、行ったことの証明です。雪に埋もれた廃駅に、わざわざ行く人はいないでしょうから、目撃者は、なかなか、見つかりませんよ」

と、亀井は、いった。

「それに、殺したあと、雪が降っているからね。足跡も、消されてしまっている」

「そうです」

「ただ、カメラマンの河西が、襲われたことがある」

と、十津川は、いった。

「警部は、やはり、原田が、犯人と思われますか？」

「思うね」

「しかし、襲った理由は、何でしょう？」

「河西が撮った写真が、理由じゃない。彼が山軽の廃駅へ行ったのは、殺人の翌日だからね」

「ええ」

「道警は、戸上みどりの死体を掘り起こし、ハンドバッグ、カメラ、ショルダーバッグなどを見つけた。だが、その中に、原田利夫の恐れるものは入ってなかったと思う。もし、入っていたなら、原田が、河西を襲っても、仕方がないんだからね」

「すると、河西が、現場で、何か見つけたということですね。少なくとも、原田は、河西が見つけた、と思ったということになりますね」

「問題は、河西が、何を見つけたかだね」

と、十津川は、いい、電話を取りあげ、河西の入院している病院に、かけてみた。彼の意識が回復していれば、現場で、何があったか、ききたかったからである。もし、何か拾っていれば、それを見せてもらいたい。

しかし、受話器を持った十津川の顔色が、変わってしまった。

「すぐ行きます」

と、いって、電話を切ると、十津川は、亀井に、

「河西が、死んだよ」

「本当ですか？　生命《いのち》に別条はないと、いっていたはずですが」

亀井も、青ざめた顔になった。

「それなんだが、また、頭の中で、内出血があって、それが、命取りになったらし

い」

と、十津川は、いった。

二人は、パトカーを飛ばして、病院に走った。

十津川が、証言を期待した河西は、白い布をかけられて、霊安室に横たえられていた。もう、何も、証言してはくれない。

「犯人は、このことを知ったら、さぞかし、ほっとするでしょうね」

と、亀井が、口惜《くや》しそうに、いった。

河西が、語ってくれなければ、他の方法で、必要なことを、知らなければならない。

十津川は、医者と、看護婦に、

「河西さんが、何かいい残したことはありませんか？」

と、きいてみた。

しかし、意識が戻らないままに、河西は、亡くなってしまったという。

あとは、遺品を調べるより他に、方法はない。

十津川と、亀井は、病院がとっておいてくれた河西の所持品を、見せてもらった。

彼の背広のポケットに入っていたものが、ほとんどである。

財布、キーホルダー、ボールペン、運転免許証、名刺、腕時計、テレホンカード、手帳といったものである。

財布の中には、現金四万二千円と、ＣＤカードが、入っていた。

手帳に、何か書いてあればと思い、十津川は、一ページずつ、丁寧《ていねい》に見ていったが、そっけない予定表が、書き込まれてあるだけで、今度の事件の参考になるようなことは、何一つ、記入がなかった。

名刺の中に、原田利夫のものでもあればと思ったのだが、名刺は、十二枚とも、本人のものだった。

「ありませんね」

と、亀井は、がっかりした顔で、十津川を見て、

「犯人は、河西を襲い、彼のマンションの部屋を、家捜ししたはずです。その時、自分に不利なものを、見つけてしまったんでしょうか？」

と、きいた。

「それなら、われわれは、お手上げだがね」

「もう一度、彼のマンションを、探してみませんか」

と、亀井が、いった。

二人は、パトカーを、病院から、明大前の河西のマンションに向けた。

二人が着いた時、マンションから嫌な匂いがしていた。消防車が、六台とまっている。

十津川が、パトカーから降りて、マンションを見上げると、三階の部屋が、焼け焦《こ》げているのが、わかった。

「306号室が、焼けました」

と、ロープを張って、野次馬の整理に当たっていた警官が、十津川に、いった。

「306号室には、今は、誰もいないはずだぞ」

「だから、不審火だと思われます」

と、警官が、いう。

十津川と、亀井は、階段を三階まで駆け上がった。三階の廊下は、放水で、水浸《みずびた》しになっている。焼けた匂いが、鼻を打つ。消防署の係員が、出て来て、

「灯油を撒《ま》いて、火をつけていますね。明らかに、放火です。部屋は、完全に、焼けてしまっています」

と、十津川に、教えてくれた。

「原田ですか？」

亀井は、小声で、きいた。

「他には、考えられないよ」

「しかし、なぜ、放火なんかしたんでしょうか？」

「原田は、どうしても、何かを見つけたかったんだよ。だが、見つからなかった。見

つかっていれば、放火なんかする必要はないからね。それで、とにかく、燃やしてしまえということで、灯油を撒いて、火をつけたんだと思うよ」

「もしそれが、部屋にあっても、燃えるか、熱で溶けてしまっていますね」

「完全に、息の根を止められたということかね」

と、十津川は、いった。

それでも、二人は、諦《あきら》め切れなくて、特別に、焼けた部屋を見せてもらった。

消防隊員の案内で、足を踏み入れる。なるほど、灯油の匂いがする。

(すごいな)

と、十津川は、思った。

何もかも、焼けてしまっているのだ。机も、椅子も、タンスも、完全に、原形をとどめていない。三つあったカメラも、溶けて、不様《ぶざま》なかたまりになっている。多量の灯油を、ばら撒いたに違いない。

「問題の品物は、手紙とか、写真といったものじゃないな」

と、十津川は、いった。

「そうですね。そういう燃えやすいものなら、こんなに、灯油を撒いて、徹底的に燃やす必要はないでしょうから」

と、亀井も、いった。

「とすると、燃えにくいものだね。金属とか、ガラスといったね。そうしたものを、溶かしてしまおうと思ったんだろう」

二人は、焼けただれた３０６号室を出た。

「西本刑事たちを呼んで、聞き込みをやってくれ。原田が、灯油缶を持って、うろうろしているのを、見た人間がいるかもしれないからね」

と、十津川は、亀井に頼んだ。

10

聞き込みは、不発に終わった。

今日の夜明け近くに、マンションの傍で、挙動不審の男を見たという人間は、見つかったが、それが、原田利夫だと断定することは、できなかったからである。

翌日の午後、河西の妹の京子《きょうこ》が、十津川に挨拶《あいさつ》に現われた。

河西の遺体を、郷里の水戸《みと》に運んで、そこで、葬儀をするという。

「東京に、兄のお友だちがいるので、東京でと思ったんですけれど、場所がありません。マンションの部屋は、焼けてしまいましたし、知っているお寺もありませんので」

と、京子は、いった。

十津川が、うなずくと、京子は、続けて、

「それで、兄の所持品も、持ち帰って構いませんか？　棺《ひつぎ》の中に入れてあげたいので」

「構いませんよ。一応、調べましたから」

「病院には、兄の背広などもありましたけど、それも、兄の形見ですので」

「どうぞ。もともと、お兄さんのものです」

と、十津川は、いった。

大学三年だという河西京子が、帰ってしまうと、十津川は、小さな溜息《ためいき》をついた。

北海道で、戸上みどりを殺したのも、河西を死に到らしめたのも、彼の部屋に放火したのも、原田利夫だと、十津川は、確信している。

しかし、確信だけでは、逮捕することはできない。

その上、原田の背後には、製薬会社の社長で、政界にも力を持っている父親の周一郎がいるのだ。

三上部長は、それだけに、慎重の上にも、慎重にと、ブレーキをかけている。

(壁にぶつかったな)

と、十津川は、思った。

亀井が、そんな十津川を心配して、コーヒーをいれて、

「元気を出してください」

と、声をかけた。

「出したいんだがねえ」

「原田利夫が、犯人であることは、間違いありませんよ」

「わかってるさ」

「それなら、徹底的に、奴を尾行したらどうでしょう。二十四時間、監視し、尾行したら、いらだって、ボロを出すんじゃありませんか?」

と、亀井が、いった。

「圧力をかけるのか?」

「そうです。前にも、成功したことがありましたよ。わざと、尾行していることを、見せつけて」

「ああ、覚えてるよ。だが、今回は、その手は、使えないな。原田の父親が、うちの上のほうに圧力をかけてくるに決まっているからだ。原田が犯人という証拠はないんだから、抗議されれば、やめざるを得ない」

「そうですか」

「もともと、三上部長は、原田犯人説に反対だからね」

と、十津川は、いった。

「では、何をしますか? 何ができますか?」

と、亀井が、きく。

「時間がかかっても、地道な聞き込みをやるより仕方がないね」

十津川は、肩をすくめるようにして、いった。

改めて、原田利夫の周辺の聞き込みが、始められた。

道警でも、現場である廃駅周辺での聞き込みが、再開された。

だが、一日、二日しても、収穫はなかった。もともと、聞き込みは、すでに行なわれていたのだから、新しい発見がなくても、仕方がなかった。

その上、原田家の顧問弁護士が、警察は、無実の原田利夫を、犯人扱いするのかと、抗議してきた。

三上部長は、すっかり弱気になってしまって、十津川たちに原田利夫の捜査を中止するように、いった。

「しかし、原田以外に、犯人は、あり得ません」

と、十津川は、いった。

「だが、証拠もなく、逮捕もできんのだろう?」

「今は、残念ながら、そうです」

「北海道で、事件が起きてから、もう、何日になるんだ?」

「河西が襲われてから、まだ、数日しか経《た》っていません。亡くなってからは、まだ、四日です」

「今までやって、証拠が見つからんのなら、これ以上、捜査を続けても無駄じゃないのかね。捜査は、やめるんだ」

三上が、繰り返していった。

「一日だけ、考えさせてください」

と、十津川は、いって、引き退《さ》がったが、このまま、捜査を中止する気はなかった。そんなことをしたら、完全な警察の敗北に終わってしまうからだ。第一、殺人犯人を、このまま、野放しにはできない。

だが、今日じゅうに、奇蹟《きせき》的に、原田が犯人という証拠は、見つかりそうもなかった。

考え込んでいると、

「警部。警部宛に、書留速達が、届いています」

と、日下《くさか》刑事が、封筒を差し出した。

書留速達の赤いゴム印が押され、表には、「十津川警部様」と、書かれていた。

裏を返すと、差出人は「河西京子」になっていた。住所は、水戸市内である。

十津川は、河西の妹の顔を思い出した。もう、河西の遺体は、茶毘《だび》に付され、遺骨は、墓地におさめられているだろう。

十津川は、そんなことを考えながら、封を切った。

便箋《びんせん》の他に、小さな布の包みが入っている。

十津川は、まず、手紙に、眼を通すことにした。


〈先日は、いろいろと、ありがとうございました。おかげさまで、郷里で、葬儀を行なうことができました。兄の霊も、これで、少しは、安らかになったと思います。

棺には、兄の所持品を入れました。あの時、病院から持ち帰った背広、靴、ワイシャツ、ネクタイなどもですが、ワイシャツについていたカフスボタンを見て、首を傾げてしまいました。片方は兄らしい地味な安物でしたが、もう片方は、プラチナに、ダイヤが埋め込まれた高価なもので、兄が使うようなものではないからです。それに、このカフスボタンは、下り藤の家紋をデザインしたもので、これも、河西家のものではありません。わが家の家紋は、鷹《たか》ノ羽《は》のぶっ違いですので。

これは、何かあるのではないかと思い、警部さんに、お送り致します。

河西京子

十津川警部様〉

十津川は、小さな布の包みを開けてみた。手紙にあったようなカフスボタンが、転《ころ》がり出た。

手に取ってみる。プラチナの輝きがある。精巧な彫《ほ》りで、下り藤の家紋が、作られている。注文で作ったとすれば、二つ一組で、何万、いや、何十万もするのではないか。

「カメさん！」

と、十津川は、急に、大声で呼んで、

「例の原田家の家紋を調べてくれないか。大至急だ」

「家紋ですか？」

「そうだよ。二引《ふたつひ》きとか、巴《ともえ》とかいった家紋だ」

と、十津川は、いった。

亀井は、電話をかけまくっていたが、それがすむと、

「原田家の家紋は、下り藤だそうです」

「やっぱり、そうか」

「家紋が、どうかしたんですか？」

「これを、読んでみたまえ」

といって、十津川は、書留速達を、亀井に渡した。

亀井は、手紙を読み、それから、プラチナのカフスボタンに、眼をやった。

「なるほど。河西カメラマンが、北海道の現場で拾い、原田が、必死になって、取り戻そうとしていたものですね？」

「家紋まで入れた特製品だからね。恐らく、廃駅で、戸上みどりを殺した時、ワイシャツの袖《そで》から、落ちてしまったんだろう。そのあと、大雪が降って、死体もろとも、隠してしまった。原田は、殺人現場に落としたことに、気づいていたに、違いないんだ。探しに行こうと思っていたんだろうが、その前に、カメラマンの河西が、廃駅の写真を撮りに行ってしまった。警察が、現場検証で、見つけていないのだから、河西が、持っている可能性がある、と考えたんだろう」

「拾った河西が、家の中に隠していたら、今頃、原田の手に取り返されてしまっていたでしょうね」

「河西は、たぶん、カフスボタンが気になって、肌身離さずに、自分のワイシャツに、つけていたんだ」

と、十津川は、微笑した。

「彼は、なぜ、これを、道警に届けなかったんですかね？」

「これは、想像だがね。道警は、河西の撮った写真を、全部、提出させている。道警としては、捜査に役立てたいと思ってのことなんだろうが、河西は、容疑者扱いされたと、腹を立てたんじゃないかね」

「なるほど」

「このくらい高価で、手の込んだものなら、特別に作らせたに決まっている。聞き込みをやって、原田利夫が注文主かどうか、確認してもらいたい」

と、十津川は、いった。

この聞き込みに、時間はかからなかった。問題のカフスボタンを作る段階で、原田は、別に、自分の名前を隠していなかったからである。

銀座《ぎんざ》の有名な貴金属店「K」で、去年の十月、原田が、このカフスボタンを作らせていることがわかった。依頼するとき、原田は、自分でデザインを描き、いくらかかってもいいと、いったという。

十津川は、その店の店員の証言と、カフスボタンを持って、捜査本部長に、会うことにした。

あとは、詰めだけである。三上部長は、渋い顔をするだろうが、これで、事件は解決だなと、十津川は、思っていた。


（双葉文庫『十津川警部捜査行　カシオペアスイートの客』に収録）

本書は、二〇二一年三月に小社より刊行された
新書版を文庫化したものです。

編集協力／山前譲

十津川《とつがわ》警部《けいぶ》、廃線《はいせん》に立《た》つ

西村京太郎《にしむらきようたろう》

令和5年 9月25日 初版発行

発行者●山下直久

発行●株式会社KADOKAWA
〒102-8177 東京都千代田区富士見2-13-3
電話 0570-002-301(ナビダイヤル)

角川文庫 23808

印刷所●株式会社暁印刷
製本所●本間製本株式会社

表紙画●和田三造

●お問い合わせ
https://www.kadokawa.co.jp/(「お問い合わせ」へお進みください)
※内容によっては、お答えできない場合があります。
※サポートは日本国内のみとさせていただきます。
※Japanese text only

ISBN 978-4-04-113572-3 C0193

角川文庫発刊に際して

角　川　源　義

第二次世界大戦の敗北は、軍事力の敗北であった以上に、私たちの若い文化力の敗退であった。私たちの文化が戦争に対して如何に無力であり、単なるあだ花に過ぎなかったかを、私たちは身を以て体験し痛感した。西洋近代文化の摂取にとって、明治以後八十年の歳月は決して短かすぎたとは言えない。にもかかわらず、近代文化の伝統を確立し、自由な批判と柔軟な良識に富む文化層として自らを形成することに私たちは失敗して来た。そしてこれは、各層への文化の普及滲透を任務とする出版人の責任でもあった。

一九四五年以来、私たちは再び振出しに戻り、第一歩から踏み出すことを余儀なくされた。これは大きな不幸ではあるが、反面、これまでの混沌・未熟・歪曲の中にあった我が国の文化に秩序と確たる基礎を齎らすためには絶好の機会でもある。角川書店は、このような祖国の文化的危機にあたり、微力をも顧みず再建の礎石たるべき抱負と決意とをもって出発したが、ここに創立以来の念願を果すべく角川文庫を発刊する。これまで刊行されたあらゆる全集叢書文庫類の長所と短所とを検討し、古今東西の不朽の典籍を、良心的編集のもとに、廉価に、そして書架にふさわしい美本として、多くのひとびとに提供しようとする。しかし私たちは徒らに百科全書的な知識のジレッタントを作ることを目的とせず、あくまで祖国の文化に秩序と再建への道を示し、この文庫を角川書店の栄ある事業として、今後永久に継続発展せしめ、学芸と教養との殿堂として大成せんことを期したい。多くの読書子の愛情ある忠言と支持とによって、この希望と抱負とを完遂せしめられんことを願う。

一九四九年五月三日

角川文庫ベストセラー

角川文庫ベストセラー

角川文庫ベストセラー

十津川警部「記憶」　西村京太郎

東京郊外で発生した若手カメラマン誘拐事件。しかし犯人からの要求はなく、3日後にカメラマンは保護された。十津川警部率いる捜査一課が事件を担当するが、事態は意外な展開に……。

イヴが死んだ夜　西村京太郎

氷雨の浅草寺境内で若い女性の全裸死体が発見された。太股には、上品な顔立ちとは不釣り合いなバラの刺青が彫られていた。十津川警部が、ある女性の空白の3年間を追う、迫真のサスペンス大作！

湖西線12×4の謎　西村京太郎

マンションの一室で発見された身元不明の死体。その部屋に残された〈KOKOKU　12×4〉という謎のメッセージ。十津川警部率いる捜査一課が捜査に乗り出すが、さらなる事件が発生し……。

十津川警部「幻覚」　西村京太郎

実業家の中山は謎めいた脅迫電話に悩まされていた。全く身に覚えのない中山だったが、脅迫電話をかけていたと思しき女性が新宿で死体となって発見され……事件の裏に隠された恐るべき陰謀とは？

十津川警部「狂気」　西村京太郎

東京月島に建設中の高層マンションに、若い女性の全裸死体が吊り下げられた。そして10日後、第2の宙づり死体が発見される。30年前の事件との関連を疑う十津川警部が、時代を隔てた連続猟奇殺人に挑む！

角川文庫ベストセラー

真夜中の構図　西村京太郎

参議院議員・太田垣に入閣のチャンスが巡ってきた時、連続殺人事件の容疑者に仕立て上げられた秘書の早川。仕組まれた事件の裏にはいったい何が？　十津川警部が、謎の事件に挑む。長編傑作ミステリー。

能登・キリコの唄　西村京太郎

東京で銀行強盗が発生。現場にいた青年の活躍により強盗は逮捕される。勇敢な青年・栗原太郎はマスコミの寵児となるが、取調べで強盗たちが「彼も共犯だった」と証言し始め、やがて栗原も姿を消してしまう……。

愛と殺意の津軽三味線　西村京太郎

都内で陰惨な連続殺人事件が発生。犯行時の現場からはいずれも津軽三味線の調べが聞こえていたが、被害者に共通点が見つからず捜査は難航する。十津川警部は唯一の手掛かりである津軽へ飛んだ。

急行アルプス殺人事件　西村京太郎

坂口刑事は急行「アルプス」で移動中、車の炎上を目撃する。乗務員と協力して車中の女性を助け出すが、女性は間もなく死亡。やがて乗務員が殺されていき……十津川の推理が冴える傑作鉄道ミステリ集！

殺人者は西に向かう　西村京太郎

身寄りのない老人が亡くなった際、有料で遺品を回収する遺品整理会社。その従業員が死体で発見された。十津川警部が遺品の主の身辺を洗うと、岡山で殺人が起こっていたことがわかる。そして第3の殺人が。

角川文庫ベストセラー

仙台青葉の殺意　西村京太郎

仙台で病死した食品会社の社長・田中の手帳になぜか十津川の名が残されていた。手帳を巡って繰り返される殺人事件。事件の脚本を書いたのは誰か？　厚いヴェールに覆われた真相に、十津川警部の推理が迫る！

特急「ゆうづる3号」の証言　西村京太郎

一人旅を楽しんでいた三浦あや子は田沢湖で青年実業家・田代の車に拾われる。しかし、車中で乱暴されてしまう。そのとき傍らの線路を特急「ゆうづる3号」が通過した……。鉄道ミステリー集！

死のスケジュール　天城峠　西村京太郎

マンションのベランダから転落死した男。彼の身元を調べると、総理大臣・安達の秘書だということが判明した。十津川警部が捜査を開始すると、安達首相暗殺計画の情報がもたらされ……。長編ミステリ！

京都駅0番ホームの危険な乗客たち　西村京太郎

交通事故で死亡した女性の財布に残されていた新聞広告の切り抜き。十津川警部はこの切り抜きに隠された犯行計画を推理する。一方、京都駅の0番ホームには、広告を目にした残りのメンバーが集結し始め……。

出雲神々の殺人　西村京太郎

「これは神々の殺人の始まりだ」連続殺人の刺殺体の上には奇妙なメモが残されていた。十津川警部はメモを手がかりに出雲へ。そして無人島・祝島に辿り着き、島の神主の息子を容疑者と特定するが……。

角川文庫ベストセラー

十津川警部捜査行
北海道殺人ガイド　西村京太郎

函館本線の線路脇で、元刑事の川島が絞殺死体となって発見された。川島を尊敬していた十津川警部は、地道な捜査の末に容疑者を特定する。しかし、その容疑者には完璧なアリバイがあり……!?　傑作短編集。

無縁社会からの脱出
北へ帰る列車　西村京太郎

多摩川土手に立つ長屋で、老人の死体が発見される。無縁死かと思われた被害者だったが、一千万円以上の預金を残していた。生前残していた写真を手がかりに、十津川警部が事件の真実に迫る。長編ミステリ。

十津川警部「目撃」　西村京太郎

東京の高級マンションと富山のトロッコ電車で、いずれも青酸を使った殺人事件が起こった。事件の被害者に共通するものは何か？　捜査の指揮を執る十津川警部は、事件の背後に政財界の大物の存在を知る。

中央線に乗っていた男　西村京太郎

鑑識技官・新見格の趣味は、通勤電車で乗客を観察しスケッチすること。四谷の画廊で開催された個展を十津川警部が訪れると、新見から妙な女性客が訪れたことを聞かされる——十津川警部シリーズ人気短編集。

殺人偏差値70　西村京太郎

大学入試の当日、木村が目覚めると試験開始の20分前。どう考えても間に合わないと悟った木村は、大学に「爆破予告」電話をかける。まんまと試験開始時刻を遅らせることに成功したが……。他7編収録。

角川文庫ベストセラー

東京ミステリー 西村京太郎

江戸川区内の交番に勤める山中は、地元住民5人と一緒に箱根の別荘を購入することに。しかし別荘に移ったしばらく後、メンバーの1人が行方不明になってしまう。さらに第2の失踪者が――。

十津川警部 神話の里殺人事件 西村京太郎

N銀行の元監査役が「神話の里で人を殺した」と遺書を残して自殺した。捜査を開始した十津川警部は、遺書に書かれた事件を追うことに……日本各地にある神話の里は特定できるのか。十津川シリーズ長編。

十津川警部 三河恋唄 西村京太郎

左腕を撃たれた衝撃で、記憶を失ってしまった吉良義久。自分の記憶を取り戻すために、書きかけていた小説の舞台の三河に旅立つ。十津川警部も狙撃犯の手がかりを求め亀井とともに現地へ向かう。

Mの秘密 東京・京都五一三・六キロの間 西村京太郎

作家の吉田は武蔵野の古い洋館を購入した。売り主の母は終戦直後、吉田茂がマッカーサーの下に送り込んだスパイだったという噂を聞く。そして不動産会社の社員が殺害され……十津川が辿り着いた真相とは？

十津川警部 捜査行 みちのく事件簿 西村京太郎

一人旅をしていた警視庁の刑事・酒井は同宿の女性にふとしたきっかけで誘われて一緒に露天風呂に入った。翌々朝、その女性が露天風呂で死体となって発見され……「死体は潮風に吹かれて」他、4編収録。

角川文庫ベストセラー

哀切の小海線　西村京太郎

東京の府中刑務所から、1週間後に刑期満了で出所するはずだった受刑者が脱走。十津川警部が、男が逮捕されるにいたった7年前の事件を調べ直してみると、原発用地買収問題にぶちあたり……。

青森わが愛　西村京太郎

警視庁捜査一課の日下は、刑事であることを明かさずに書道教室に通っていた。しかし十津川警部から電話が入ったことにより職業がばれてしまう。すると過剰な反応を書道家が示して……表題作ほか全5編収録。

殺人へのミニ・トリップ　西村京太郎

古賀は恋人と共に、サロンエクスプレス「踊り子」に乗車した。景色を楽しんでいる時、カメラを忘れたことに気付き部屋へ戻ると、そこには女の死体があり……表題作ほか3編を収録。十津川警部シリーズ短編集。

郷里松島への長き旅路　西村京太郎

フリーライターの森田は、奥松島で「立川家之墓」と彫り直された墓に違和感を抱く。調べていくとその墓の主は元特攻隊員で、東京都内で死亡していることが分かった。そこへ十津川警部が現れ、協力することに。

十津川警部 湖北の幻想　西村京太郎

時代小説作家の広沢の妻には愛人がおり、その彼がダイイングメッセージを残して殺された。また、柴田勝家が秀吉に勝っていたら、という広沢の小説は事件にどう絡むのか。十津川が辿り着いた真相は。

角川文庫ベストセラー

房総の列車が停まった日　西村京太郎

東京の郊外で一人の男が爆死した。身元不明の被害者には手錠がはめられており広間にはマス目が描かれていた。広間のマス目と散乱した駒から将棋盤を連想した十津川警部は将棋の駒に隠された犯人の謎に挑む！

怖ろしい夜　西村京太郎

恋人が何者かに殺され、殺人の濡衣を着せられたサラリーマンの秋山。事件の裏には意外な事実が！（「夜の追跡者」）。妖しい夜、寂しい夜、暗い夜。様々な顔を持つ夜をテーマにしたミステリ短編集。

鎌倉・流鏑馬神事の殺人　西村京太郎

京都で女性が刺殺され、その友人も東京で殺された。双方の現場に残された「陰陽」の文字。十津川警部は、被害者を含む4人の男女に注目する。しかし、浮かび上がった容疑者には鉄壁のアリバイがあり……。

北海道新幹線殺人事件　西村京太郎

売れない作家・三浦に、出版社の社長から北海道新幹線開業を題材にしたミステリの依頼が来る。前日までに出版してベストセラーを目指すと言うのだ。脱稿した三浦は開業当日の新幹線に乗り込むが……。

裏切りの中央本線　西村京太郎

大学時代の友人と共に信州に向かうことになった西本刑事。しかし、列車で彼と別れ松本に着くと殺人事件が起こる。そこには、列車ダイヤを使ったトリックが隠されていた……他5編収録。

角川文庫ベストセラー

青森ねぶた殺人事件　西村京太郎

青森県警が逮捕した容疑者に、十津川警部は疑問を持つ。本当に彼が殺したのだろうか……公判の審理が難航しているとき、第3の殺人事件がねぶた祭りの夜に起こった！　すべてを操る犯人に十津川が迫る！

青梅線レポートの謎　西村京太郎

中野で起こった殺人事件。数か月前、同じ言葉を口にしていた女性も行方不明になっていたことが判明する。彼女の部屋には、ロボットが残されていたが、十津川警部が持ち帰ったところ、爆発する。

殺意の設計　西村京太郎

新進の画家の田島と結婚して3年たったある日、夫の浮気が発覚した。妻の麻里子は、夫の旧友である井関に相談を持ち掛けるものの、心惹かれていく。3人で集まった際、田島夫妻が毒殺される――。

神戸25メートルの絶望　西村京太郎

神戸・異人館街観光中に一組の夫婦が失踪。夫は25メートルの円の中心で惨殺された。十津川は、被害者と同じツアーに参加していた4人の男女が阪神・淡路大震災の被災者だと突き止めるが……。

知覧と指宿枕崎線の間　西村京太郎

京王多摩川の河原で30代男性の刺殺体が発見された。現場には「大義」と書かれた紙。その後も、立て続けに死体が発見される。十津川警部は、連続殺人犯の動機を辿り、鹿児島・知覧へ向かうが……。